BIG BUG

CHRISTIAN GRENIER

RAGEOT • ÉDITEUR

À Patrick Moreau,
mon fidèle webmaster.

ISBN 2-7002-2956-8
ISSN 1766-3016

1

– Vous ne connaissez pas Guy Gata ? s'étonna Delumeau. Les informaticiens forment pourtant une grande famille !

Parfois, la naïveté du commissaire déconcertait la jeune lieutenant de police Logicielle. Elle soupira :

– En effet, patron. Mais ils sont des milliers !

– Vous m'avez affirmé un jour que vous vous connaissiez tous, j'en suis sûr !

Sa mémoire le trompait, elle n'avait jamais pu affirmer une telle ânerie.

– En plus, ajouta-t-il, Gata habite Saint-Denis, à cinq minutes d'ici !

Elle domina son irritation et fit semblant de plaider coupable.

– Je regrette, patron. Je ne le connais pas. Qui est-ce ?

– Il ne s'est pas présenté à son travail ce matin. Vous pourriez y faire un saut ? Les pompiers aimeraient que la police soit là pour procéder à l'ouverture de la porte.

Elle pensa qu'il plaisantait. Si la présence d'un représentant de l'ordre devenait nécessaire chaque fois qu'un employé manquait à l'appel, il faudrait vite procéder à une grosse campagne de recrutement !

– Ils ont cru noter sur la porte la présence de sang et la trace de balles, ajouta Delumeau. Boulevard Ornano, au 22. Cinquième étage, porte face. Vous vous souviendrez ?

Il se passa la main sur une joue mal rasée et redressa le col de sa chemise, qui avait dû autrefois être blanche. En notant l'usure de son vieux veston gris, Logicielle sut quel adjectif convenait à son supérieur hiérarchique : fripé. Delumeau était à l'image de ses vêtements : usé, fatigué, défraîchi. Un apitoiement stupide submergea son irritation.

Dans la cour de la brigade, il ne restait plus qu'un véhicule de service, un break qui avait douze ans d'âge, trois cent mille kilomètres et une batterie à plat. Logicielle s'apprêtait à rejoindre sa Twingo garée sur le parking de la basilique quand une moto entra dans la cour en trombe et manqua la renverser. Elle s'écria :

– Max ! Tu tombes à pic. Inutile d'arrêter ton moteur. On repart. Direction tour Pleyel.

Elle ajusta le casque qu'il lui tendait et monta derrière lui. Tandis qu'il longeait la Seine et doublait les files de voitures immobilisées, elle se pencha pour crier à son oreille :

– Pourquoi es-tu en retard ?

Son adjoint marqua un bref temps d'hésitation avant de rétorquer :

– Panne d'oreiller !

Elle n'en crut pas un mot. Depuis quelque temps, elle avait remarqué que Max était devenu morne, sans entrain. Il avait oublié son humour, sa tendresse et ses bonnes habitudes : un bouquet, un cadeau, une surprise, un mot d'esprit. Il l'avait poursuivie de ses avances pendant des mois et elle avait fini par craquer. Désormais, elle n'envisageait plus l'avenir sans lui. Mais récemment, Max avait mis sa passion en veilleuse. La semaine dernière, il ne l'avait même pas invitée au restaurant, à croire qu'il avait aussi perdu l'appétit.

Cinq minutes plus tard, il arrêta sa moto devant un vieil immeuble à la façade un peu lépreuse, proche des bâtiments de standing qui font face à l'immense tour Pleyel. L'entrée du 22 se situait entre une boulangerie et une petite épicerie arabe. Une voiture de premiers secours au gyrophare allumé bloquait une des files du boulevard.

– Décidément ! s'exclama-t-il. Hier après-midi, j'étais ici. Un chauffeur de camion avait renversé un motard. Il a fallu appeler les premiers secours, prendre des photos du sinistre…

Le pompier en uniforme en faction devant la porte du 22 salua les deux policiers.

Quand Max ôta son casque, Logicielle poussa un cri de surprise. Le crâne de son adjoint était totalement rasé !

– Max, mais c'est terrible ! Qu'est-ce qui t'est arrivé ?

– Comment ?

– Tes cheveux ? Tes beaux cheveux frisés ?

– Ah, mes cheveux ? fit-il avec indifférence. Oui, c'est vrai, hier soir, j'ai décidé de changer de coiffure.

Changer était un mot faible. Max était méconnaissable ! Il enleva son blouson de cuir et Logicielle nota qu'il avait maigri. Il avait le look d'un sportif branché. La carrure et les muscles en moins. Elle était bouleversée.

– Attends, Max. Tu es malade ?

– Moi ? Je ne me suis jamais senti aussi bien ! Mais si, je te jure !

Le pire, c'est qu'il semblait sincère.

– Quelle mouche t'a piqué, Max ? Tu as perdu un pari stupide ? Adhéré à une secte ?

Il haussa les épaules, sérieusement agacé.

– Pas du tout ! Pourquoi, ça ne me va pas bien ?

Elle fit semblant d'hésiter. Semblant. Car son opinion était définitive, Max était carrément hideux. Il devina sa déception et grogna :

– Écoute, Logicielle, c'est mon droit, non ? Est-ce que tu me demandes mon avis quand tu changes de coupe ? Bon, on y va ?

Le pompier avait assisté à ce dialogue sans piper. Il les laissa entrer et, en passant devant lui, elle le vit réprimer un fou rire.

Le vestibule était sombre et étroit, moins toutefois que l'escalier de bois. Max le gravit quatre à quatre, si vite qu'elle renonça à le suivre. Sur le palier du cinquième étage, trois pompiers les attendaient, ainsi qu'un inconnu d'une trentaine d'années, en costume trois pièces, qui se présenta aussitôt.

– Daniel Lafou. Je suis le DRH de la BEE.

– Vous pourriez traduire ? grommela Max.

Méfiant, le jeune homme élégant dévisagea le motard chauve qui lui faisait face. Car Max n'avait guère l'allure d'un policier. Ou alors celle d'un agent de la brigade des stups chargé d'infiltrer le milieu des dealers. Logicielle montra sa carte au type tiré à quatre épingles.

– Mon collègue, affirma-t-elle en osant à peine désigner Max.

– La BEE est la Banque Européenne d'Épargne, consentit à expliquer Daniel Lafou. Et je suis le directeur des ressources humaines de l'entreprise. Notre siège social se trouve au deuxième étage de la tour Pleyel. Ce jeudi matin 12 mai à 9 heures, nous avions une réunion importante. Notre responsable du secteur informatique, Guy Gata, devait y participer. Puisqu'il n'était pas arrivé à 9 h 15, M. Moreau m'a prié de venir le chercher, je n'avais que le boulevard à traverser.

– Qui est M. Moreau ? demanda Max.

– Le PDG de la BEE. Guy Gata n'est jamais en retard, ni absent, ni malade. Comme personne ne répondait, j'ai d'abord supposé qu'il avait pu être sujet à un malaise et j'ai appelé les pompiers mais...

– Et c'est moi qui ai contacté le commissariat.

Logicielle identifia Paul, le capitaine des pompiers, dont le visage était à moitié dissimulé par un casque rutilant. Il alluma la minuterie qui venait de s'éteindre et dit :

– Jetez donc un coup d'œil sur la porte.

À hauteur d'épaule s'étalait une sombre traînée suspecte. En s'approchant, Logicielle nota, sur le bois légèrement déchiqueté, deux impacts de balles, proches de trente centimètres. Elles s'étaient incrustées à une faible profondeur et seraient faciles à récupérer. À en juger par les échardes claires et pointues, le tir était très récent.

– Et vous avez vu le paillasson ? ajouta Paul.

Il était souillé par une large tache noire.

– C'est du sang, affirma le capitaine. J'ai vérifié.

Par acquit de conscience, Logicielle faillit frapper à la porte. Elle se rendit compte à temps que c'était inutile et ridicule.

– Allez-y, ouvrez ! ordonna-t-elle.

Paul fit signe à l'un des pompiers qui tenait un pied-de-biche. L'homme introduisit l'outil entre la porte et le chambranle, à la hauteur de la serrure, exerça une brève pression… et la porte céda dans un craquement très discret. Impressionnée, Logicielle se promit de faire installer dès le lendemain chez elle une porte blindée avec cinq points de fermeture.

Max entra le premier, s'arrêta aussitôt et grommela :

– Il a eu un gros malaise, en effet.

– Mon Dieu ! s'exclama Daniel Lafou.

L'informaticien gisait dans l'entrée face contre terre. Le tissu de son imperméable était percé dans le dos d'un petit trou rond. L'assassin avait doublé son tir puisque la tête de Gata baignait dans une mare de sang. Un sang dont les longues traces souillaient la moquette depuis le paillasson. Le meurtrier avait renoncé à traîner plus loin une victime dont la taille devait approcher deux mètres et le poids cent kilos.

– Mon Dieu ! répéta le DRH. Est-ce que… ?

Logicielle saisit le poignet de Gata, qui était froid. L'homme, d'une quarantaine d'années, avait les yeux ouverts, une expression étonnée sur le visage. Elle confirma :

– Oui, il est mort. Et à mon avis, cela ne date pas de ce matin.

2

Déjà, Max avait saisi son portable pour appeler la brigade et obtenir une commission rogatoire au plus vite. De son côté, Paul tentait de joindre un serrurier. Quant à Logicielle, elle dressait la liste des tâches à effectuer et des précautions à prendre. Plus d'une fois, à de tels moments, une négligence ou un oubli avait nui durablement à l'enquête.

– Stop ! fit-elle en écartant les bras. Personne ne pénètre dans l'appartement avant que nos collègues aient l'autorisation d'effectuer des prélèvements et de prendre des photos.

De l'entrée, qui s'achevait sur une double porte vitrée grande ouverte, elle avait une vue panoramique sur un joli studio de cinquante mètres carrés. Son confort cossu jurait avec l'état vétuste de l'immeuble. Grâce à l'exposition plein sud et aux deux fenêtres, un soleil printanier inondait la pièce garnie d'un living en bois cérusé, d'une alcôve avec un lit étroit et d'un long canapé contemporain, cuir et tissu mêlés. De superbes plantes vertes donnaient à la pièce une allure d'immense véranda.

En se retournant, elle aperçut le DRH qui faisait mine de s'éclipser, elle le retint par la manche.

– Navrée, monsieur Lafou, mais j'ai besoin de vous.

L'autre grimaça, fouilla dans sa poche et en sortit un portable.

– J'aimerais au moins prévenir M. Moreau ! Gata et moi sommes attendus pour cette réunion.

– Soit. Mais demandez à votre patron de révéler simplement au personnel qu'on a retrouvé votre collègue décédé. Le mot meurtre ne doit pas être prononcé, c'est clair ?

– On n'est jamais sûr de rien, expliqua Max.

Comme le DRH le considérait avec stupéfaction, il précisa :

– Qui sait ? Il a pu se suicider sur son palier, entrer et refermer la porte avant de rendre l'âme.

Logicielle foudroya son adjoint du regard. Décidément, il choisissait mal son moment pour retrouver son humour.

– Guy Gata est-il venu à la banque hier ? demanda-t-elle à Daniel Lafou.

Le jeune homme, qui semblait à présent pétrifié, parut sortir d'un rêve.

– Euh... oui, bien sûr ! Il a quitté l'entreprise vers 20 heures, j'ai vérifié ce matin. En fait, mademoiselle, la tour Pleyel n'est pas la banque elle-même mais le siège social de l'entreprise. On n'y trouve ni coffre ni argent.

– Vers 20 heures ? insista-t-elle, impatiente.

– Oui. Le personnel ne peut accéder à nos bureaux ou les quitter qu'avec un badge électronique personnel. Ainsi, les heures d'arrivée et de départ sont enregistrées avec précision. Notre entreprise pratique des horaires souples.

Les pompiers avaient monté une civière et attendaient sur le palier. Logicielle leur recommanda la plus grande discrétion. Le capitaine tentait déjà d'éloigner quatre ou cinq locataires trop curieux qui colportaient l'événement à tous les étages. Logicielle redoutait que la presse ne débarque dans le quart d'heure qui allait suivre. Mais c'est le serrurier qui arriva. Sans attendre le légiste, Logicielle se pencha vers le cadavre et fouilla les poches de son imper. Elles étaient vides. Celles de sa veste et de son pantalon aussi, excepté un mouchoir propre et un paquet de chewing-gums entamé.

– L'assassin est passé avant nous ? demanda Max.

– Je le crains. Ni portefeuille ni porte-monnaie. Je ne trouve pas non plus son badge électronique.

Elle jeta un coup d'œil sur la batterie de petits crochets vides, à côté du portemanteau, et ajouta avec dépit :

– Le meurtrier semble avoir emporté toutes les clés.

– S'il pense revenir, il est très naïf !

– Je doute qu'il se risque ici à nouveau. Mais il peut désormais accéder à la voiture, au garage, à l'entreprise et à la résidence secondaire éventuelle de la victime...

Le serrurier acheva d'installer une serrure neuve. Il en confia les clés à Logicielle et lui fit signer une décharge.

Songeuse, elle s'impatientait pourtant.

– Tu te recueilles ? demanda Max.

– Non, j'examine les lieux.

À présent, elle comprenait pourquoi Gata, qui devait bien gagner sa vie, habitait un immeuble d'aspect si modeste. Pour se rendre à son travail, il avait la rue à traverser.

– L'informaticien avait beaucoup de goût, nota-t-elle à voix haute. Et rien ne semble avoir été déplacé.

– L'assassin voulait de l'argent, affirma Max. Il n'a pas pris le risque d'emporter la télé, il aurait pu croiser un locataire dans l'escalier !

– L'argent serait donc le mobile du meurtre ?

– Hélas, c'est banal et facile à reconstituer, Logicielle ! Hier soir, en quittant la tour Pleyel, notre homme retire du liquide à un distributeur. Des voyous le guettent et entrent dans l'immeuble avant que la porte se referme. Ils montent l'escalier derrière Gata et tirent sur lui au moment où il ouvre sa porte. Ce qui leur permet d'entrer et de visiter l'appartement. En prime, ils peuvent emporter une montre en or, quelques bijoux de famille...

Logicielle approuva, ça se tenait. Pourtant, la violence des malfaiteurs l'étonnait. En banlieue nord, la délinquance était courante mais rarement sanglante. Sauf quand il s'agissait de règlements de comptes entre gros truands. Ici, les agresseurs avaient utilisé une arme. Sûrement munie d'un silencieux.

– ... ainsi que la carte de crédit et les papiers, carte grise, etc. !

Maxime avait raison, tout se négociait. Il ajouta :

– Et le badge qui permet d'accéder à la banque !

– Je vais prévenir la direction de la BEE pour que le détenteur actuel de ce badge ne l'utilise plus. Ou plutôt pour qu'il ait la mauvaise surprise, s'il s'en sert, de pouvoir entrer mais pas ressortir. Il faudrait aussi interroger les occupants de l'immeuble. Avec un peu de chance, l'un d'eux aura croisé l'agresseur. À 8 heures du soir, il y a sûrement encore du va-et-vient dans ce quartier ! Nous sommes à deux pas du métro Carrefour Pleyel.

– À 8 heures, peut-être. Mais ceux qui ont fait le coup ont pu quitter le studio à minuit. Ni vu ni connu !

– À mon avis, ils n'ont pas pris le risque de rester ici quatre heures.

– Et pourquoi ?

– Quelqu'un aurait pu rendre visite à Gata dans la soirée ou l'appeler et s'inquiéter de son silence. Et puis il y a les traces de sang...

Max appela Daniel Lafou qui, pour téléphoner, s'était isolé sur le palier. Interrogé, le DRH parut sûr de lui :

– Guy Gata était célibataire, je ne l'ai jamais vu accompagné.

– Ce n'était pas un moine ! bougonna Max. Vous prétendez connaître la vie privée de tous vos collaborateurs ?

– Ma foi, c'est un peu mon métier ! rétorqua le jeune homme avec un sourire supérieur.

– Combien cette entreprise compte-t-elle d'employés ?

– Deux mille. Mais dans les locaux de la tour Pleyel ne travaillent que cent vingt personnes : la direction générale, le service contentieux, la gestion informatique...

– Vous êtes dans la maison depuis longtemps ? demanda Logicielle.

– Sept ans.

– Eh bien parlez-nous de Guy Gata et de sa famille, monsieur Lafou, puisque vous disposez d'informations sur lui.

– Je crois me souvenir qu'il ne lui reste qu'une nièce. C'était un collaborateur efficace mais peu loquace. Il ne fréquentait pas ses collègues et travaillait beaucoup.

– C'est-à-dire ?

– Il n'était pas chiche de son temps. Il passait parfois ses week-ends à la tour Pleyel, avec ses ordinateurs pour seule compagnie.

Le DRH vit Max sourire. Vexé, il lui jeta :

– Cela vous paraît si invraisemblable ?

– Oh non ! se récria le collègue de Logicielle en la considérant d'un œil torve et désabusé. Ah, voilà nos collègues de la Criminelle !

Après avoir montré la commission rogatoire signée par le juge une demi-heure plus tôt, ils envahirent le studio, mitraillèrent le cadavre et les lieux sous tous les angles. Certains, munis de flacons et de pinceaux, s'occupèrent des objets susceptibles d'avoir conservé des empreintes : poignées de portes, tiroirs – jusqu'au clavier de l'ordinateur, un OMNIA 3[1] dont l'écran plasma trônait sur le petit bureau accolé au living. L'un d'eux glissa le paillasson dans un grand sac de plastique. Une jeune stagiaire saisit délicatement sur le dossier d'un fauteuil un objet quasiment invisible. Logicielle s'approcha et elle lui montra un long cheveu noir. Sans doute celui d'une femme.

– Bel indice, approuva-t-elle. Ce cheveu n'appartenait pas à la victime.

1. Ordinateur à mémoire neuronique et à intelligence artificielle. Lire les précédentes enquêtes de Logicielle, notamment *L'Ordinatueur*.

En même temps, elle imaginait assez mal une femme, même d'une force exceptionnelle, tuer Guy Gata et traîner son corps. Peut-être avait-il une femme de ménage ?

– Si la propriétaire du cheveu et des empreintes est fichée, affirma Max, nous la retrouverons vite !

Logicielle en doutait. Peu à peu se dessinait dans son esprit le portrait d'un assassin plus subtil et plus méthodique qui avait sûrement pris la précaution de ne pas fourrer ses doigts partout.

– On parie ? lui lança son adjoint.

– Quoi ? Que veux-tu parier ?

– Que je découvrirai l'assassin avant toi.

Quelle mouche avait piqué Max pour qu'il lui propose un tel concours alors que le cadavre de Guy Gata était encore là ?

Elle haussa les épaules.

– Pas question. À ce petit jeu, tu serais capable de mener ton enquête dans ton coin et de me cacher les infos que tu glanes !

– Ne sois pas ridicule. Nous mettons tout en commun mais chacun effectue ses déductions personnelles. Le premier à découvrir le nom du coupable a gagné.

– Qu'est-ce qu'il a gagné ? L'estime du perdant ? Les félicitations de notre commissaire bien-aimé ?

Si Delumeau avait surpris leur conversation, il en aurait sûrement avalé son chapeau.

– Disons que le perdant aura un gage, insista Max.

– Un gage ?

– Oui, il se soumettra à ce que le gagnant lui imposera.

Très excité, Max afficha une mine espiègle. Qu'est-ce qui mijotait dans sa tête ? Logicielle se dit que, depuis quelques semaines, son attitude était décidément très étrange.

Au moment où elle s'apprêtait à répliquer, Patrick Waquier, le légiste, surgit dans le studio. Il fit la bise à Logicielle qui réprima une grimace.

– Vous vous êtes parfumé au désinfectant, ce matin, doc Ti Wac ?

C'était le diminutif affectueux dont tous les membres de la brigade affublaient le médecin.

– Navré de ce retard, déclara-t-il en passant la main dans sa barbe poivre et sel. Mais j'étais, si j'ose dire, plongé dans une autopsie délicate... Ah, je vois que j'ai à nouveau du boulot !

Il enfila une paire de gants transparents, se pencha vers le cadavre, le palpa, le tourna, examina le sang qui s'était coagulé sur la bouche ouverte.

– Cet homme est mort depuis moins de vingt-quatre heures, affirma-t-il. À vue d'œil, son décès date d'hier mercredi, sans doute en fin de journée.

– Et pour une estimation plus précise ?

– Vous l'aurez ce soir. Demain matin au plus tard.

Il fit signe aux pompiers d'emporter le corps et repartit sur un signe amical, laissant les deux policiers sur le pas de la porte.

– Monsieur Lafou ? jeta Logicielle au DRH qui, très pâle, attendait sur le palier. Vous pouvez partir, à présent.

Elle pénétra dans le studio et une étrange certitude la saisit. Gata connaissait son assassin. Elle se tourna vers son adjoint.

– J'accepte, murmura-t-elle.

– Tu acceptes ? Qu'est-ce que tu acceptes ?

– Ton pari. Tu l'aurais déjà oublié ? Si je découvre le coupable avant toi, tu devras accepter le gage que je t'imposerai.

Ce fut au tour de Max de pâlir, il n'avait pas dû envisager que Logicielle pût gagner.

Les cinquante mètres carrés du studio furent vite explorés. Logicielle ouvrit les tiroirs du living, fouilla les placards de la cuisine, résista à l'envie de mettre l'ordinateur en fonction.

– À première vue, rien ne manque, dit-elle, presque déçue.

– Sauf le tas de lingots d'or qu'il planquait dans son placard à balais ! plaisanta son adjoint qui examinait les livres alignés sur les rayonnages.

– Bien. Puisque nous sommes sur place, Max, tu vas en profiter pour interroger les occupants de l'immeuble.

Il réprima une expression scandalisée.

– Tu as noté qu'il y a six étages et trois appartements par palier ?

– Plains-toi. Je te donne plusieurs longueurs d'avance. Si ça se trouve, à midi, tu auras gagné ton pari.

Il suffisait en effet qu'un voisin ait aperçu et dévisagé quelqu'un sortant de chez Guy Gata. Une brève recherche dans le fichier des délinquants et le meurtrier présumé était mis en examen avant le lendemain.

– Vingt interrogatoires ! s'exclama-t-il. Et si nous nous partagions le travail ?

– Bien sûr ! Moi, je vais tour Pleyel, dans les locaux de la BEE, histoire d'en savoir un peu plus sur l'emploi du temps de Guy Gata. Je te rejoindrai ici vers 13 heures.

– Si je comprends bien, la grosse corvée est pour moi ?

– Attends, Max, c'est ta faute après tout ! Si je t'envoie interroger le PDG de la banque, il appellera ses vigiles en te voyant approcher.

– Tandis que toi, grâce à ton ensemble imitation Chanel et ton charme irrésistible, tu vas aussitôt le séduire et lui tirer les vers du nez ?

– Max, qu'est-ce qui te prend ? Tu es insupportable ! Pourquoi es-tu si agressif depuis...

Elle s'interrompit, stupéfaite : son adjoint ne pouvait plus l'entendre, il avait déjà disparu dans les escaliers.

3

Elle referma la porte du studio et rejoignit le rez-de-chaussée. Là, elle aperçut Max face à une porte entrouverte. Il beuglait à une vieille dame qui refusait de le laisser entrer :

– Non, ce n'est pas une plaisanterie, je suis réellement de la police, madame. Mais enfin, regardez ma carte !

– Bon courage ! fit-elle en passant.

Arrivée dans le vestibule quelque peu lépreux, elle examina les boîtes aux lettres, dont les serrures avaient toutes été forcées depuis longtemps. De celle de Gata, elle tira le courrier du matin.

– De la pub, de la pub… Encore de la pub. Un magazine. Une lettre de SOS Villages de France… Tiens, une carte postale. De Sydney.

Elle commençait par « Cher tonton Guy », se poursuivait avec trois phrases banales, s'achevait sur des bises affectueuses et était signée Sandrine. Sans doute la jeune nièce qu'avait évoquée Daniel Lafou.

Parvenue sur le trottoir, elle jeta la pub dans une poubelle et glissa dans une sacoche de la moto le courrier, elle l'examinerait plus tard.

Il lui fallut moins d'une minute pour traverser la rue Pleyel et entrer dans l'immense hall de la tour. Postées derrière un comptoir, des standardistes munies d'oreillettes répondaient au téléphone.

– La BEE ? demanda-t-elle à l'une d'elles.

La jeune femme indiqua du menton à Logicielle le panneau où s'affichait la liste des entreprises de l'immeuble. Les locaux de la BEE occupaient les deuxième et troisième étages.

Elle emprunta l'escalier et déboucha sur un vestibule où des employées, derrière un guichet, répondaient au téléphone ; elles semblaient garder l'accès à un portail de sécurité semblable à ceux des aéroports. Un inconnu en costume la frôla, s'excusa, effleura de son badge le montant du portail où l'œil électronique émit un léger bip. Logicielle lui emboîta le pas mais un signal d'alerte hurla, à peine plus discret que celui qui, dans un supermarché, signale la présence d'une marchandise dérobée.

– Bienvenue à la BEE ! lança gentiment à Logicielle l'employée de l'accueil qui avait réduit le signal au silence. Vous n'avez pas de badge ? Vous êtes intérimaire ?

– Non. Lieutenant de police. J'aimerais voir M. Moreau.

Cette double révélation eut l'effet d'un passe-partout.

– Vous avez rendez-vous ? fit-elle, embarrassée. Il est en réunion.

– Si vous m'annoncez, il me recevra.

L'appel dura dix secondes, après quoi l'employée annonça :

– Le chef du personnel va vous conduire au bureau de M. Moreau. En attendant, pouvez-vous remplir cette fiche, la signer et me laisser une pièce d'identité ?

Logicielle faillit protester et se résolut à obéir. Elle écarta néanmoins sa veste.

– Et vous me laissez entrer avec mon arme ?

– C'est ridicule, je sais... mais nous avons des instructions. Tenez, voici un passe provisoire, acheva la standardiste.

Logicielle franchit le portail et fit face à un homme élégant qui affichait une cinquantaine sportive et bronzée. Il lui tendit une main ferme et se composa un visage de circonstance, cordial et teinté d'une tristesse mesurée.

– Je suis Jean-Louis Bournazel, le chef du personnel, murmura-t-il à voix basse. M. Moreau va vous recevoir.

Il la guida jusqu'à une porte de bois sombre où des lettres argentées annonçaient : « M. Patrick MOREAU, Président-Directeur Général. »

Bournazel frappa et entra sans attendre.

Au fond d'un vaste bureau, un individu corpulent au visage lippu écarta d'un geste sec les douze personnes qui l'entouraient, parmi lesquelles Logicielle reconnut Daniel Lafou.

– Veuillez sortir un instant, lança-t-il à ses collaborateurs. Nous reprendrons cette réunion dans quelques minutes.

Quelques minutes? C'est ce que tu crois, bonhomme! songea Logicielle, contrariée. Si tu es convoqué à la brigade, ce ne sera plus à toi de décider de la durée de l'entretien.

Pendant que ses collaborateurs sortaient, le PDG vint serrer la main de Logicielle et il l'invita à s'asseoir. Si Patrick Moreau affichait lui aussi la cinquantaine, il le devait à un discret lifting et de récents implants capillaires.

– C'est un drame épouvantable, déclara-t-il. Et une grosse perte pour l'entreprise.

Il quêta l'avis du chef du personnel qui, resté debout, approuva.

– Mademoiselle, ajouta-t-il, si vous interrogez nos employés, je vous serais reconnaissant d'être discrète. Cette affaire ne doit pas atteindre les milieux financiers. La BEE est cotée en bourse, vous le savez?

– C'est le juge qui décidera, répondit-elle.

– Que pouvons-nous faire pour vous? demanda Moreau en consultant ostensiblement la pendulette de son bureau.

– Me fournir le maximum de renseignements sur Guy Gata. Son rôle et ses responsabilités dans l'entreprise, sa...

D'un geste, le PDG l'interrompit.

– Bournazel va se mettre à votre disposition.

– C'est à vous, monsieur, que j'aimerais poser ces questions !

Face au ton sec inattendu, le patron de la BEE grimaça une moue navrée et polie derrière son bureau de palissandre.

– Le problème, mademoiselle, c'est que je ne connaissais pas Guy Gata. J'ai dû le côtoyer ici à deux ou trois reprises. Si je le croisais dans la rue, je ne le reconnaîtrais pas.

– Vous ne risquez plus de le croiser.

Elle s'étonna elle-même de la hardiesse de sa repartie. Moreau marqua un temps, comme pour mieux mesurer l'adversaire. Il se contenta de hausser les épaules.

– De lui, je ne sais rien, sinon qu'il était le responsable du département informatique depuis... depuis combien de temps ?

– Treize ans et demi, compléta Bournazel.

– Voyez-vous, acheva-t-il en désignant les lieux d'un geste circulaire, je ne travaille ici que quelques jours par mois. Le reste du temps, je suis à Londres, Moscou ou Lisbonne. Hier encore, je me trouvais dans notre succursale de Francfort. J'ai pris un avion à l'aube pour assister à la réunion de ce matin.

– À quel titre votre informaticien devait-il y participer ?

– Cet été, nous ouvrons une agence à Oslo. Gata, je suppose, était chargé de la coordination informatique interne ?

Il se tourna vers Bournazel qui confirma :

– Sans doute. Il faudrait poser la question à Riou.

– Riou ?

– Dominique Riou, mon bras droit, expliqua Moreau.

Logicielle réprima un soupir. Le PDG lança un regard inquiet vers sa pendulette et un autre, cordial et détendu, à Logicielle.

– Livrez-nous le fond de votre pensée, mademoiselle. Vous croyez que cet assassinat aurait un rapport avec la fonction qu'occupait notre informaticien ici ?

– C'est une piste à envisager.

– Son meurtrier ferait partie de la BEE ?

– Là encore, c'est une hypothèse à ne pas négliger. Guy Gata avait peut-être mis le doigt sur des chiffres ou des faits susceptibles de compromettre votre entreprise. Ou de ruiner l'avenir d'une banque concurrente qui aurait alors jugé indispensable de l'éliminer.

Patrick Moreau leva les yeux au ciel.

– Et si Gata avait été assassiné par une crapule qui voulait le dévaliser ? suggéra-t-il. N'est-ce pas l'hypothèse la plus simple ?

– Nous l'avons envisagée. S'il avait retiré de l'argent à un distributeur hier soir en quittant son travail, l'affaire serait vite classée et je ne vous importunerais plus.

Sur un geste de son patron, Bournazel se précipita vers l'ordinateur qui occupait un angle de la pièce.

Dix secondes plus tard, son verdict tombait :

– Non. Son dernier retrait date d'avant-hier, mardi 10 mai, 13 h 18. 100 euros à notre guichet de la tour.

– Gata a peut-être un autre compte en banque ? suggéra Logicielle.

– J'en doute, grommela Moreau. Gata n'avait aucun intérêt à placer son argent ailleurs. Et s'il s'agissait d'une vengeance ? suggéra-t-il soudain. Guy Gata a peut-être une maîtresse, ou sa femme un amant !

– Il n'était pas marié, coupa poliment Bournazel qui interrogeait l'ordinateur.

Il eut soudain une moue stupéfaite.

– Qu'avez-vous découvert ? demanda Logiciclle, alcrtée.

– Rien, rien je crois qui ait un rapport avec votre enquête.

– Bon sang, parlez, Bournazel ! ordonna Moreau. Nous n'avons rien à cacher !

– Eh bien voilà. Le lundi 9, à 17 heures, Gata a retiré 8 000 euros à l'agence BEE de Saint-Ouen, où il avait son compte.

– Et alors ? bougonna le PDG.

– 8 000 euros, ce n'est pas rien, nota Logicielle en se rapprochant du chef du personnel.

– Gata a pu acheter des meubles ! suggéra Patrick Moreau, ou une voiture, que sais-je ?

– Cette somme lui a été versée en liquide, précisa Bournazel. L'équivalent de deux mois de salaire. Je passe un coup de fil à l'agence, pour vérifier.

– À l'occasion, dit Logicielle, vérifiez également les heures d'entrée et de sortie de Guy Gata depuis vendredi dernier. C'est possible ?

– Tout à fait. Je vais vous imprimer ça.

Patrick Moreau, moins sûr de lui, envisageait d'autres scénarios :

– Gata jouait-il au casino ?

Le chef du personnel, qui consultait des chiffres sur un écran en parlant à voix basse avec son correspondant, se contenta de secouer la tête en murmurant :

– Gata n'effectuait jamais de tels retraits. C'est inhabituel.

– Et suspect, ajouta Logicielle.

Bournazel raccrocha et confirma :

– Il a bien retiré 8 000 euros en liquide le lundi 9 mai, avant la fermeture des guichets. Il en avait d'ailleurs fait la demande trois jours avant.

Et le lendemain mardi, pensa Logicielle, Gata avait effectué un nouveau retrait, banal, de 100 euros, sans doute pour ses dépenses courantes. Il n'avait donc pas touché aux 8 000 euros. À qui, à quoi étaient-ils destinés ?

Elle jeta un coup d'œil sur la feuille que Bournazel lui tendait et où figuraient les heures où Gata était entré et sorti entre vendredi matin et mercredi soir. À l'exception du lundi où il avait quitté la BEE à 16 h 43, l'informaticien y arrivait vers 9 heures, rentrait chez lui entre 12 et 14 heures, et quittait son travail vers 20 heures.

Le PDG revint à la charge :

– Après tout, ces 8 000 euros n'ont peut-être rien à voir avec la BEE. Ils concernent ses affaires privées !

– À un certain niveau, monsieur Moreau, rétorqua Logicielle, les affaires professionnelles et privées offrent de subtiles et inextricables interférences.

– Il s'agit peut-être de chantage ? De racket ?

– Précisément, s'empressa-t-elle d'approuver. La victime travaillait chez vous. Elle y occupait une fonction importante, elle devait assister ce matin à une réunion capitale. De plus, le meurtre a eu lieu de l'autre côté du boulevard, hier soir. Il n'y a rien d'étonnant à ce que je vienne me renseigner chez vous !

Le PDG approuva avec regret, suggéra :

– Pouvons-nous mettre Riou au courant ?

– Votre homme de confiance ? S'il connaissait Guy Gata, c'est indispensable, en effet. Je devrai l'interroger.

Elle n'eut pas le loisir d'en dire plus. Déjà, Moreau ouvrait l'une des portes de son bureau et lançait un ordre au groupe qui patientait dans la pièce contiguë. Une petite jeune femme très brune aux cheveux raides et courts s'en détacha. La porte à peine refermée, elle cala contre sa poitrine un gros classeur, dégaina un stylo et se planta au garde-à-vous devant son patron.

– Riou, jeta Moreau, Guy Gata, le responsable de notre secteur informatique, a été retrouvé assassiné chez lui ce matin. Une enquête est en cours et c'est mademoiselle... mademoiselle ?

– Lieutenant de police Logicielle.

– ... Logicielle qui est chargée de la mener.

Delumeau ne lui en avait pas encore donné l'ordre mais dans une heure, ce serait chose faite. Logicielle n'avait pas imaginé que l'homme de confiance de Moreau soit une femme. Celle-ci n'avait d'ailleurs rien de féminin. Son tailleur, couleur kaki, accentuait son allure militaire. Le bras droit du PDG, qui était d'ailleurs gauchère, avait commencé à prendre des notes, sans ciller. En entendant les mots *assassiné* et *enquête*, elle s'interrompit pourtant. Elle se ressaisit très vite et se remit à griffonner avec frénésie. Logicielle l'observait, fascinée. Dominique Riou lui faisait penser à un personnage de jeu vidéo. Mais elle n'avait pas la séduction de Lara Croft, et encore moins l'humour d'un Super Mario.

Imperturbable, Moreau poursuivait :

– À présent mademoiselle, je me vois dans l'obligation de vous laisser. En cas d'urgence, Riou, vous me trouverez avec le groupe dans la salle de projection. Eh bien je vous souhaite bonne chance, ajouta-t-il en serrant la main de Logicielle. Bournazel, ouvrez au lieutenant les portes de notre entreprise et fournissez-lui les renseignements qu'elle désire. Avec un maximum de discrétion. Il faut que ce problème soit résolu au plus vite, c'est compris ?

Il leur adressa un dernier signe et sortit. Un long silence glacial s'installa et fut interrompu par trois coups brefs frappés à la porte. Riou, qui devait être la plus familière des lieux, franchit six mètres en claquant des talons pour aller ouvrir.

– Bonjour, bredouilla Daniel Lafou en les saluant d'un sourire crispé. C'est M. Moreau qui m'envoie. Il paraît que vous avez besoin de moi ?

– Oui, entrez, confirma Logicielle. J'ai quelques questions à vous poser, à tous les trois.

Elle marqua un temps d'hésitation puis s'installa dans le fauteuil du PDG. D'instinct, son regard se porta sur la fameuse pendulette. Elle indiquait exactement 13 heures. Le rendez-vous qu'elle avait fixé à Max lui revint en mémoire. Le fait d'être assise à la place du patron lui donna peut-être l'audace de se lever brusquement pour déclarer :

– À la réflexion, je préfère différer notre entretien. C'est l'heure du déjeuner. Pouvons-nous nous retrouver ici cet après-midi ?

Comme personne ne répliquait, elle proposa avec perfidie :

– À moins que vous ne préfériez être interrogés à la brigade de Saint-Denis ?

– Non, assura Bournazel. Ici, ce sera plus… facile.

– 14 h 30 ? suggéra Riou.

– 15 heures, ce sera parfait.

Riou en prit bonne note. Et au regard acéré qu'elle jeta à ses collaborateurs, Logicielle devina qu'ils seraient tous au rendez-vous.

4

Après avoir traversé le boulevard, Logicielle récupéra dans la sacoche de la moto le courrier qu'elle y avait déposé. En pénétrant dans le studio de Guy Gata, elle eut la surprise de découvrir Max occupé à feuilleter les livres de la bibliothèque. Il était vêtu d'un costume de brigadier.

– Quelle tenue ! Dis-moi, comment as-tu fait pour entrer ?

– Grâce au second jeu de clés que le serrurier m'a confié.

Quand il vit qu'elle s'apprêtait à protester, il prit les devants.

– Nous sommes chargés de cette enquête ensemble, non ? Ou bien tu veux m'obliger à partir avec un handicap ?

– Delumeau ne nous a encore chargés de rien, Max.

– Détrompe-toi. Après ton départ, j'ai fait un saut à la brigade.

– Je comprends ! Pour te déguiser ?

Il eut un geste d'irritation.

– Pardon, pour revêtir une tenue de travail adéquate, rectifia-t-elle. C'est ce matin que tu paraissais déguisé.

– Le commissaire nous met sur le coup, poursuivit-il sans relever. Il désire que nous lui fournissions notre rapport au plus vite.

– Et que nous lui livrions le coupable avant ce soir ? Eh bien il patientera un peu. Tu as interrogé les locataires ou tu as lu un bouquin en m'attendant ?

– Ne sois pas mauvaise langue. En deux heures, j'ai abattu pas mal de boulot. J'ai même pris le temps de t'acheter un petit sandwich au thon à la boulangerie du coin.

Il sortit d'un sac en plastique un triangle de pain de mie. Qui lui parut en effet très petit. Elle s'efforça de remercier son adjoint mais songea avec amertume au temps, pas si lointain, où ils déjeunaient chaque midi en tête à tête au *Fleuve Rouge*, le restaurant voisin du commissariat.

Longtemps, Max avait cherché à gagner le cœur de Logicielle. Maintenant qu'il le possédait, il la gratifiait d'une indifférence qui la révoltait. Elle se souvint du chapitre du *Petit Prince* où le renard explique que se faire aimer crée des liens. Logicielle se sentait désormais prisonnière et délaissée. Elle était surtout malheureuse pour Max qu'elle devinait mécontent, amer, insatisfait.

– Délicieux, mentit-elle après la dernière bouchée. Et toi, quel sandwich as-tu choisi ?

– Oh, je l'ai déjà mangé !

Là encore, elle aurait juré qu'il mentait.

– Alors, le bilan de ta matinée ?

– D'abord, j'ai profité de mon passage à la brigade pour lancer une recherche sur la situation bancaire de Guy Gata. Tu avais raison, mon hypothèse doit être écartée, il n'avait qu'un seul compte…

– Oui, à la BEE, la banque où il travaillait. Et son dernier retrait, 100 euros, date de mardi dernier, à 13 h 18.

Stupéfait, il marqua le coup.

– À quoi bon me donner des instructions si tu exécutes des recherches identiques ?

– J'ai même des infos supplémentaires, je te les communiquerai plus tard. Tu as interrogé les occupants de l'immeuble ?

– Du moins ceux qui étaient chez eux, oui.

– Cette fois, ils t'ont laissé entrer ?

Il désigna sur la table basse un cahier d'écolier ouvert.

– Tout est consigné ici, étage par étage. J'ai rencontré les occupants de neuf appartements.

– Donc, une petite moitié ?

– Pas vraiment. En fait, cinq logements sont inoccupés. Deux sont vides et en vente depuis un mois. Quant aux trois autres, leurs propriétaires sont partis à la campagne ou en voyage.

– Beau travail, Max.

Elle crut qu'il serait sensible à son compliment mais il joua les blasés.

– Oh, les interrogatoires ont été vite expédiés. J'ai obtenu des réponses laconiques du genre : « Ah non, je suis rentré chez moi à 18 heures, ma femme était déjà là. Ensuite nous avons préparé le souper, mis le couvert et regardé la télé. » Sans parler de trois personnes qui ne sont pas sorties de la journée... du moins c'est ce qu'elles affirment. La seule personne insoupçonnable est la voisine du dessus, Mme Châtain. Elle approche quatre-vingt-dix ans et elle est impotente. En début d'après-midi, sa petite-fille lui a rendu visite puis elle est repartie pour l'université à 15 h 30.

– Et les six derniers appartements ?

– Leurs occupants sont au travail. Grâce à l'aide des voisins, je suis parvenu à en joindre cinq par téléphone.

– Et le sixième ?

Il désigna le palier.

– Mme Jaouss, la voisine de droite, garde des enfants à domicile. Quand j'ai frappé chez elle, vers midi, elle était en train de changer un bébé, de donner le biberon au deuxième et de calmer le dernier qui hurlait. Elle m'a conseillé de repasser à 13 h 30.

La pendulette de la cuisine indiquait 13h20.

– Va au fait, Max. Quelqu'un a-t-il croisé un suspect ?

Il baissa la tête, découragé.

– Non. À 8 heures du soir, la plupart des gens étaient rentrés chez eux. M. Vidal, qui habite au premier étage, est bien sorti à 19 h 30 pour acheter une baguette mais il n'a rencontré personne en remontant. Quant au couple d'étudiants qui vit dans l'appartement du quatrième, porte droite, ils sont rentrés du cinéma vers 22h30. Le vestibule et l'escalier étaient déserts.

– Et les gens qui habitent juste au-dessous de Guy Gata ?

– Mme Gouichoux ? Elle n'a rien entendu de la soirée.

Il précisa dans un soupir :

– Rien d'étonnant d'ailleurs, elle est un peu sourde, au-dessous de sa sonnette elle a spécifié : « Frappez fort ! »

– Et ensuite, aucun autre mouvement dans l'immeuble ?

– Si. La veuve du rez-de-chaussée a été promener son chien, après avoir regardé Soir 3. Mme Soufir, qui habite le deuxième gauche, l'a rejointe avec son caniche cinq minutes plus tard. Elles sont rentrées vers 23h15. Elles ne se souviennent pas avoir aperçu de la lumière.

– Bref, chou blanc. Voilà qui ne va pas nous faciliter la tâche.

– Ton hypothèse semble donc la bonne, conclut-il sur un ton défaitiste. L'assassin a ciblé l'heure et le lieu, il connaissait sa victime et personne ne l'a vu ni entrer ni sortir.

– Cette Mme Jaouss est notre dernier espoir. Allons-y.

Ils n'eurent que trois pas à faire pour atteindre la porte de la voisine, dont la carte de visite, sous la sonnette, précisait fièrement : « Nourrice agréée ». Au-dessus, une petite pancarte précisait : « Frappez doucement SVP. »

– Les voisines se suivent mais ne se ressemblent pas, déclara Max en grattant à la porte.

On leur ouvrit presque aussitôt.

– Ah, c'est vous ! dit à voix basse une femme d'origine maghrébine très souriante et vêtue d'une superbe djellaba. Soyez gentils, ne faites pas de bruit. Ils viennent de s'endormir, ajouta-t-elle en désignant une chambre entrouverte. Bonjour, mademoiselle.

– Logicielle, ma collègue, expliqua Max en entrant dans la minuscule salle de séjour.

– Asseyez-vous.

Logicielle nota l'étrange et douce odeur caractéristique des lieux où vivent des bébés.

– Je viens de faire du thé à la menthe, vous en voulez un peu ? Servez-vous, ce sont des gâteaux maison.

– Non, merci, dit Max, nous avons déjeuné.

– Moi, j'accepte avec joie, s'empressa d'ajouter Logicielle. Je me sentais privée de dessert.

Les gâteaux, brillants de sucre et d'huile, lui parurent succulents.

– Alors M. Gata a été assassiné ? attaqua Mme Jaouss sans détour ni malice. Ça s'est passé comment ?

Décidément, l'immeuble entier était au courant.

– C'est ce que nous aimerions savoir, madame.

– On lui a tiré dessus ? fit-elle en désignant la cloison. Mais quand ?

Logicielle hésita, puis se résolut à révéler :

– Sans doute entre 8 heures du soir et l'aube.

La nourrice leur servit du thé d'autorité, dans de minuscules verres décorés, en levant haut, très haut, le bec de la théière. Max eut un geste pour l'arrêter, comme s'il s'agissait d'un alcool fort.

– C'était forcément à l'aube ! affirma-t-elle. Cette nuit, M. Gata était chez lui. Il est sorti à deux reprises, autour de 2 heures du matin.

– Vraiment ? insista Logicielle très intriguée.

– Oui. Je l'ai entendu refermer sa porte doucement, avec la clé, sans la claquer. Deux fois. À dix minutes d'intervalle.

– Vous avez l'oreille fine ! nota Max.

– Thomas avait quarante de fièvre, expliqua-t-elle en désignant la porte du séjour. Il toussait et je ne dormais pas.

– À quelle heure M. Gata est-il rentré définitivement chez lui ? demanda Logicielle.

– Ah ça, je ne sais pas ! Après 2 heures, j'ai fini par m'assoupir. D'ailleurs je n'ai entendu aucun coup de feu.

– Pouvez-vous, madame Jaouss, nous dire ce que vous avez fait hier ?

– Ahmed, mon mari, est parti au travail à 7 heures et demie. Les mamans d'Aline et de Loana sont arrivées vers 8 heures. Elles sont venues les reprendre à 6 heures du soir. Ahmed est rentré après, avec quelques courses. Ensuite, nous n'avons pas bougé de la soirée.

– Savez-vous si M. Gata est rentré déjeuner chez lui hier ?

– Oui. Je l'ai entendu claquer sa porte peu après midi et repartir avant 2 heures.

– Et qu'avez-vous fait exactement, hier soir ? insista Logicielle.

La nourrice désigna la cuisine et l'écran du téléviseur.

– On a dîné à 8 heures devant les informations. Après, on a regardé le film sur la première chaîne.

Soudain, elle pâlit, comprenant que des soupçons pesaient peut-être sur elle. Logicielle la rassura d'un sourire et enchaîna :

– Vous n'avez rien entendu dans l'appartement voisin ? M. Gata était-il déjà rentré de son travail ?

Elle hocha la tête avec embarras.

– Non. Vous savez, le soir, je ne fais pas attention aux bruits de l'immeuble. Et puis Thomas toussait beaucoup.

Max, qui prenait des notes sur son cahier, releva la tête.

– M. Gata avait l'habitude de sortir la nuit ?

– Oh non. C'était un homme bien !

– La nuit dernière, supposa Max, vous avez cru qu'il sortait de chez lui mais en fait, il venait peut-être de rentrer ?

– Ah non. Je l'ai entendu descendre les escaliers. Lentement. Surtout la deuxième fois. Pour éviter de faire du bruit.

– Vous connaissez sa nièce ? enchaîna Logicielle.

– Sandrine ? Non. Elle venait rarement chez lui. Avec son métier, elle n'a pas souvent ses dimanches.

– Que fait-elle ?

– Elle est hôtesse de l'air. M. Gata l'aimait beaucoup, c'était sa seule famille. Il aurait bien voulu qu'elle se marie et qu'elle ait des enfants. La mère de Sandrine est morte à sa naissance et elle a perdu son père il y a cinq ou six ans.

– Quel âge a-t-elle ? demanda Logicielle.

– Le même que vous. Et elle est très jolie, elle vous ressemble un peu.

– Je croyais que vous ne la connaissiez pas? coupa Max.

– M. Gata m'a montré des photos d'elle.

– Avait-il une femme de ménage? reprit Logicielle.

– Oh non! Mais il était très soigneux, très méticuleux.

– Vous le connaissiez depuis longtemps?

– Depuis qu'il avait emménagé ici. Il y a douze... presque treize ans.

– Quel genre d'homme était-ce?

Elle eut un geste évasif.

– Il était gentil, discret. Parfois, il allait me chercher un médicament à la pharmacie. Vous comprenez, je suis bloquée ici, avec les enfants.

Agacé, Max prit le relais :

– Ma collègue voulait parler de son emploi du temps, de ses habitudes, des gens qu'il fréquentait.

– Oh, il ne fréquentait personne!

Elle hésita et finit par révéler :

– Pourtant, il a reçu quelqu'un lundi et mardi dernier, le soir. J'en suis sûre parce qu'après avoir éteint la télé, j'ai entendu des bruits de pas et des voix, à côté. Il devait être à peu près 11 heures.

Elle rougit, se troubla, affirma :
– C'était une jeune fille. Ou une femme.
– Et à quelle heure est-elle sortie ?
– Je n'en sais rien. Tard, puisque je dormais, je n'ai rien entendu.
– Que faisait M. Gata le dimanche ? reprit Logicielle.
– Il partait dans sa maison de campagne. C'est là aussi qu'il passait ses congés. Mais ce week-end il n'y a pas été puisque je l'ai croisé dans l'escalier dimanche matin.
– Cette maison, vous savez où elle se trouve ?
– Non. M. Gata disait toujours : « mon petit cabanon des Charentes. » Il en avait hérité de ses parents.
C'est le moment que choisit Thomas pour tousser et se réveiller. Logicielle et Max en profitèrent pour s'éclipser.

Un soleil radieux inondait le studio de Guy Gata. Logicielle alla tirer l'un des rideaux et dut détacher l'embrasse du second, le premier n'en avait pas.
– Nous ne sommes guère avancés, bougonna Max.
– Je ne suis pas de ton avis. Nous possédons les pièces d'un puzzle. À nous de le reconstituer. Tu notes ?

– Je t'écoute.

– Vendredi 6 mai, Gata avertit son agence bancaire, à Saint-Ouen, qu'il effectuera lundi un retrait de 8 000 euros en liquide. Ce week-end, malgré le beau temps, il reste à Saint-Denis. Lundi, il quitte son travail avant 17 heures pour retirer ses 8 000 euros à l'agence. Et le soir, il reçoit chez lui une femme...

– À qui il remet cette somme ?

– Qui sait ? Le lendemain soir, il reçoit à nouveau quelqu'un, sans doute la même personne.

– Eh bien dis-moi, les tarifs des call-girls de luxe ont sacrément grimpé !

– À moins qu'il ne s'agisse de l'assassin, Max ! Le lendemain mercredi, c'est-à-dire hier, Gata quitte son travail à 20 h 03.

– Rentre-t-il chez lui ?

– C'est probable, bien que personne ne l'ait entendu ni remarqué.

– Nous savons qu'il est toujours vivant à 2 heures du matin, affirma Max. Et qu'il quitte son studio à deux reprises.

– Pas d'accord. Waquier estime que le meurtre a eu lieu en soirée. Nous savons seulement qu'à 2 heures du matin, quelqu'un effectue d'étranges va-et-vient.

– Son assassin ?

– Pourquoi pas ?

– Il aurait attendu Gata chez lui, pour le tuer ?

– Impossible. Il a été abattu sur le palier quand il ouvrait sa porte.

Songeuse, Logicielle revint à la fenêtre, écarta le rideau, saisit l'embrasse orpheline puis s'approcha du living. Elle y entreprit la fouille méthodique des tiroirs.

– Qu'est-ce que tu cherches ? demanda Max.

– Le carnet d'adresses de Gata. À mon avis, le nom de l'assassin y figure.

– Si tu le déniches, tu seras très maligne. Tu penses bien que, ce matin, j'ai ouvert et fouillé les tiroirs avant toi. Aucune trace d'agenda, ni de Palm. Et si Gata avait un portable, le meurtrier l'a emporté.

Logicielle se tourna vers l'ordinateur.

– Je n'y ai pas touché, affirma Max. Tu aurais été fichue de m'accuser d'une fausse manœuvre. Et puis je craignais que son accès ne soit protégé par un code.

– Peu probable, notre homme vivait seul. À moins que...

Elle s'installa sur une chaise face à l'appareil.

– Voyons s'il obéit à la voix.

La machine démarra en émettant un joli thème musical mais elle resta muette aux injonctions de Logicielle. À l'image de la plupart de ses confrères, Gata l'utilisait comme un ordinateur traditionnel.

Une seconde plus tard, elle jetait un cri de dépit.

– Qu'y a-t-il ? fit Max en s'approchant. La machine plante ?

– Non, c'est pire. Elle est vide.

Elle retourna l'ordinateur. Le disque dur, amovible, avait été enlevé. Ses soupçons se confirmèrent : la clé du meurtre se nichait sans doute dans cet objet que l'assassin avait pris soin d'emporter.

5

– Pourquoi l'assassin a-t-il volé le disque dur ? demanda Max.

La candeur de son adjoint agaçait Logicielle.

– Parce qu'il contenait des fichiers susceptibles de l'identifier, Max ! Ne serait-ce qu'un carnet d'adresses ! Sans parler du courrier électronique. Regarde, Gata se connectait avec son portable.

Elle avait du mal à cacher sa déception. Un ordinateur, c'est presque un journal intime. Explorer son contenu permet de dresser un portrait précis de son utilisateur. Max soupira. Soudain, Logicielle aperçut les CD qui s'alignaient au-dessus de l'écran. Elle murmura :

– Voyons, logiciels de calcul, pilotes d'imprimante... Victoire ! Gata a effectué des back-up réguliers !

– Des back-up ?

– Des copies de son disque dur. Novembre, janvier, mars... Ah, voilà le dernier.

Elle s'empara d'un boîtier et l'ouvrit. Il était vide. Les autres contenaient des CD de Mozart, Beethoven et Vivaldi. Elle grimaça sans marquer d'étonnement.

– L'assassin y a pensé, il est passé avant nous.

Découragée, elle ouvrit plusieurs tiroirs du living, en sortit une liasse de factures qu'elle examina. Puis elle sourit.

– Parfait ! Son fournisseur d'accès était Freecom. Un FAI[1] qui gère en même temps les appels téléphoniques et l'accès à Internet. Freecom nous livrera le pseudo et le code de Gata, ainsi que la liste des appels qu'il a donnés ou reçus ces derniers mois.

– Nous pourrons aussi recevoir ses mails ! Mais je doute que l'assassin tente désormais de joindre sa victime.

– Justement Max, c'est le vide ou l'absence qui constitueront des présomptions de culpabilité. Car l'assassin, à mon avis, communiquait avec Gata. Les interlocuteurs de l'informaticien continueront de lui écrire ou de l'appeler…

– Sauf son meurtrier !

– À moins qu'il ne soit très futé.

Logicielle ouvrit la lettre qui provenait de SOS Villages de France.

– De la pub, estima Max. Chaque mois, je reçois ce genre de courrier de Médecins sans frontières ou Amnesty International.

– Tu te trompes. Il s'agit d'un reçu destiné à sa déclaration d'impôts.

– Un reçu ?

1. FAI : fournisseur d'accès internet.

– D'après ce que je comprends, dit-elle en tendant la lettre à son adjoint, il versait chaque mois 50 euros à cette association.

– Et le reste du courrier ?

– Une revue.

Il s'agissait, ensaché sous plastique, du magazine *Nature & Environnement*. Un numéro spécial consacré au congrès mondial d'entomologie. On distinguait une enveloppe où était précisé en gros caractères, à côté de l'adresse et du code de l'abonné :

« ATTENTION, CECI EST VOTRE DERNIER NUMÉRO ! »

– Eh bien il ne se réabonnera pas, soupira Logicielle.

Elle se pencha pour ranger la revue en bas du living, à côté des autres magazines que le propriétaire des lieux avait soigneusement classés et alignés. Elle hésita entre plusieurs casiers et murmura :

– Tiens, c'est bizarre.

– Quoi ? demanda Max qui s'accroupit près d'ellc.

– Il y a ici, rangés par années, *Sciences et Avenir*, *La Recherche*, *Micro Pro*, mais je ne trouve pas *Nature & Environnement*.

– On lui a peut-être envoyé ce numéro à titre gracieux ?

– Non, il était abonné. Je devrais en trouver d'autres.

– Alors il jetait ou prêtait ces magazines après les avoir lus !

– Non, Max. À mon avis, ils étaient exactement ici.

Elle désigna, au fond d'un alvéole, un espace vide. Hauteur et largeur correspondaient à l'emplacement de vingt ou trente numéros. Max haussa les épaules.

– Je ne vois vraiment pas ce que ça prouve !

– J'échafaude des scénarios invraisemblables, tu as raison.

Elle imaginait mal, en effet, l'assassin filer avec un gros paquet de magazines. Pourtant, elle avait l'impression qu'il avait agi à la manière de ceux qui croient effacer les traces qu'ils ont laissées dans la neige en utilisant un balai : en voulant brouiller sa piste, il indiquait au contraire son passage. Elle reprit :

– As-tu trouvé du courrier ce matin, en fouillant l'appartement ?

– Peu de choses. Regarde dans ce carton à chaussures, je l'ai sorti d'un tiroir du living.

Logicielle renversa la boîte sur la table basse. Elle contenait des lettres mais surtout des cartes postales. La plupart provenaient de Sandrine. Elle jeta un coup d'œil sur leur texte, affectueux et banal.

– Rio de Janeiro, Bali, San Francisco, Le Cap... Eh bien elle aligne les kilomètres !

Au fond du carton, elle dénicha les dernières lettres de ses parents que Gata conservait pieusement. Des articles de journaux, réunis par un trombone, attirèrent son attention. Ils concernaient la résolution du célèbre théorème de Fermat[1]. Quelques bribes de phrases avaient été soulignées en rouge :

Avec l'aide d'un informaticien de la région parisienne...

Grâce à l'appui logistique de Guy Gata, informaticien...

Sans les calculs effectués par les ordinateurs de Guy Gata...

– Incroyable ! s'écria Logicielle. Il semblerait que notre homme ait aidé le mathématicien qui a pu redémontrer le célèbre théorème. Ah, voici des lettres de cette Sandrine.

Gata n'en avait conservé que trois. Elle les retourna.

– Elle habite 33, rue Gallieni à Thiais.

Max nota l'adresse sur son cahier d'écolier. Logicielle, impatiente, était repartie à la pêche dans le grand living.

– Bon sang, il possédait bien un ou deux albums photos ?

– Je crois en avoir aperçu en bas à gauche.

1. La démonstration, perdue, du « grand théorème de Fermat », célèbre mathématicien français né en 1601, mort en 1665 ($X^n + Y^n = Z^n$ pour $n > 2$, impossible en nombres rationnels), n'a pu être refaite que très récemment.

Elle extirpa trois volumes qu'elle feuilleta rapidement. Les clichés, annotés, dataient de vingt ou trente ans. Sur certains, l'informaticien apparaissait avec Sandrine encore enfant. Soudain, elle s'écria :

– Voici Guy Gata avec ses parents ! Dans cette fameuse maison.

– « La Petite Charentaise », lut Max à voix haute. « Rouffiac, été 1992. »

– Pas si petite, apprécia Logicielle.

Dotée d'un étage, c'était une vaste et longue demeure en pierre, noyée sous la vigne vierge. On devinait en arrière-plan une pelouse impeccablement tondue et un parc qui s'achevait sur un verger. Sur ce cliché, Gata paraissait vingt-cinq ans. C'était un beau garçon à l'allure sportive mais un peu gauche.

– Étrange, grommela-t-elle. Il n'y a pas d'autre album ? De clichés plus récents ?

– Non. Et je crois savoir pourquoi.

Max sortit d'une des niches du living un appareil photo numérique.

– Bien sûr, déduisit-elle. Il les enregistrait sur son disque dur.

– Dommage, la carte mémoire n'est plus là. Et la mémoire de l'appareil est vide.

– J'ai trouvé ! s'exclama soudain Logicielle après avoir feuilleté la fin de l'album. Il y a plusieurs pages vierges. Voici de nouveaux clichés. Nettement plus récents !

– Qu'est-ce qui te fait croire ça ?

– C'est du numérique tiré sur papier.

Il y avait quatre photos. Toutes représentaient une jeune Asiatique aux longs cheveux noirs, parfois prise en gros plan.

– « Tran », lut Logicielle.

– Ce serait son nom ?

Tracé par la main de Gata, ce mot figurait sous chacun des clichés sans mention de lieu ni de date.

– Je me demande qui est cette Tran et quel âge elle peut avoir.

Sur le premier portrait, elle avait presque l'air d'une petite fille, elle fixait l'objectif avec un regard apeuré. Sur le deuxième, son demi-sourire semblait à la fois confiant et désespéré. Les deux derniers la montraient debout, au fond d'une pièce sombre et d'aspect sordide meublée d'un matelas posé à terre. Le papier peint, déchiré par endroits, représentait des dragons entrecroisés d'aspect terrifiant, la gueule ouverte.

– Vingt ans, estima Max. Sa maigreur et son aspect maladif sont trompeurs. Tu penses que le cheveu noir récupéré par notre collègue de la Criminelle pourrait lui appartenir ?

– Difficile à savoir. Nous pouvons en demander une analyse génétique mais si son propriétaire n'est pas fiché, cela ne nous renseignera guère.

Par acquit de conscience, Logicielle réexamina les photos des deux autres albums. La jeune Asiatique n'y figurait pas.

Elle glissa l'un des quatre clichés dans son blouson et entra dans la cuisine, séparée du séjour par un simple bar. À côté de l'évier étaient entassés en vrac assiettes, verres, couteaux et fourchettes.

– Quelque chose cloche ? demanda Max en la rejoignant.

– Tu ne remarques pas ? Le couvert est prévu pour deux personnes.

– Tu penses que Gata, hier soir, attendait quelqu'un pour dîner ?

Elle ouvrit le réfrigérateur. Il contenait une plaquette de beurre entamé, de la margarine, quatre yaourts, trois bananes très mûres et un roast-beef aux pans irréguliers, comme si on en avait prélevé des petits morceaux un peu partout. Elle récupéra au fond du bac à légumes un minuscule germe de soja frais.

La poubelle était vide. Aucun sac plastique ne la garnissait.

– Pourrais-tu me faire part de tes déductions ? grommela Max.

– Écoute, chacun pour soi, après tout ! Est-ce que je t'empêche de partir à la recherche d'indices ? Tiens... quand on parle du loup ! Voilà peut-être quelque chose d'intéressant !

Elle s'accroupit, sortit de sous l'évier une

cocotte-minute et y repêcha le calepin qu'elle contenait.

– C'est le mode d'emploi ? demanda Max.

– Pas vraiment. Très bizarre !

Les vingt ou trente premières pages du bloc-notes étaient entièrement couvertes de chiffres griffonnés d'une écriture minuscule, irrégulière et serrée.

– Drôle d'endroit pour ranger ses calculs ! jugea Max.

– Ranger ? À mon avis...

Logicielle réfléchit. Après tout, Gata n'avait peut-être rien voulu dissimuler. Peut-être avait-il au contraire voulu jeter ce calepin. Mais l'objet avait glissé et atterri dans la cocotte.

Une feuille minuscule s'échappa du calepin. Logicielle la saisit et l'examina.

– C'est un ticket de caisse du Monoprix. En date du 10 mai, 12 h 42, papeterie.

– Passionnant ! commenta Max. Avant-hier, Gata achète un calepin et y effectue des calculs. Tu y vois une anomalie ?

– Plusieurs. D'abord un informaticien fait rarement des calculs à la main. Et puis, regarde, Max !

Elle compara l'écriture avec celle des dates figurant sur les albums. C'était le jour et la nuit.

– Ces calculs sont ceux de l'assassin ! déclara Max. Et il a abandonné ce carnet ici pour nous mettre sur sa piste !

– Ne sois pas ridicule. Je ne formule pas d'hypothèse, je me contente de noter des faits et de constater des invraisemblances.

Dès qu'il fut parti bouder dans le séjour, Logicielle appela la brigade.

– C'est toi, Jean-François ? Est-ce que tu pourrais me communiquer le numéro de téléphone d'une certaine Sandrine Gata ? Elle habite 33 rue Gallieni à Thiais.

Elle quitta la cuisine et trouva Max affalé sur le canapé, plongé dans la lecture d'un livre. Elle s'approcha des rayonnages. Il y avait là, entre autres, *Le Livre du mystère* de Jacques Bergier, *Halley, le roman des comètes* de Philippe de la Cotardière et Anny-Chantal Levasseur, *L'exploration de l'espace* d'Arthur C. Clarke et, de David C. Holmes, *Cent milliards de mondes habités*.

– Gata était un amateur de science-fiction, dit-elle.

– Pas exactement, rectifia Max. Disons qu'il se passionnait pour l'histoire de notre planète, l'espace et la vie extraterrestre.

Elle dégaina son portable qui venait de se mettre à vibrer.

– Ah, Jean-François. Oui, je note... merci ! C'est le numéro de téléphone de la nièce, expliqua-t-elle à Max après avoir raccroché. Tu veux l'appeler ?

– Ah non, merci, j'ai assumé assez de corvées aujourd'hui ! répliqua-t-il en désignant le palier.

– C'est bon, je m'y colle.

Après quatre sonneries, un répondeur se déclencha : « Je suis momentanément absente. Vous pouvez me laisser un message ou tenter de me joindre sur mon portable… »

Elle intégra les deux numéros à la mémoire de son propre appareil et appela le second. Elle tomba sur un message enregistré et comprit que l'hôtesse devait être en vol. Elle faillit raccrocher puis se racla la gorge. Pas facile de s'exprimer sur un ton grave et serein.

– Mademoiselle Gata ? Je m'appelle Logicielle, je suis lieutenant de police. Rappelez-moi dès que possible. C'est très important, il s'agit de votre oncle, voici mon numéro…

En raccrochant, elle eut une illumination et se frappa le front.

– Bon sang, je suis idiote ! Je sais où Gata a conservé un agenda et peut-être même le double de ses fichiers informatiques ! Dans son bureau de la BEE !

– Justement, je me demandais quand nous finirions par nous y rendre.

– Je te l'ai dit, Max. Nous avons rendez-vous à 15 heures.

Il jeta un coup d'œil à sa montre et déclara avec un sourire narquois :

– En ce cas, nous avons déjà un quart d'heure de retard.

6

Quand Logicielle et Max, après avoir passé les contrôles d'usage, firent irruption dans le bureau de Patrick Moreau, les trois personnes qui s'y trouvaient assises se levèrent comme un seul homme, plus alarmées que si le PDG les avait surprises en plein complot.

– Veuillez excuser mon retard, dit Logicielle, mais j'ai été chercher mon adjoint. Max, je te présente Dominique Riou, le bras droit de M. Moreau. Voici Jean-Louis Bournazel, le chef du personnel. Quant à Daniel Lafou, tu le connais déjà.

Riou avait rejoint au pas cadencé l'ordinateur de son patron. Elle le désigna aux deux policiers et assura :

– J'ai passé au peigne fin les infos et les comptes auxquels Guy Gata avait accès. Ces renseignements sont à votre disposition, mademoiselle. Mais honnêtement, je ne vois pas ce que notre responsable du secteur informatique aurait pu découvrir de compromettant. Notre banque est saine et sa gestion sans faille. D'ailleurs M. Gata n'était pas un expert-comptable.

– Mais c'était un collaborateur hors pair ! murmura le DRH.

Aux yeux de Logicielle, cette quasi-perfection devenait suspecte.

– Vraiment, madame Riou ? Pas une seule fausse note ? Jamais d'incident, de dispute ? De retards, d'oublis, d'absences ?

– Ici, les horaires sont libres, expliqua Bournazel. Nos employés arrivent le plus souvent vers 9 heures et ils repartent vers 5 ou 6 heures. Gata, lui, ne comptait pas ses heures !

– Justement, nota Riou d'une voix sèche. Cela nous a paru suspect et permis de le rappeler à l'ordre, il y a huit ans.

Le bras droit du PDG s'empressa d'ajouter en lorgnant Logicielle :

– Une broutille, mademoiselle. Mais puisque vous posez la question… Bournazel, vous vous souvenez de cet incident ?

Le chef du personnel parut sortir d'un rêve éveillé. Comme s'il avait obtenu un feu vert inattendu, il admit soudain :

– Parfaitement. À la suite de certains dysfonctionnements du secteur informatique, nous nous sommes aperçus que Guy Gata utilisait les ordinateurs de la maison pour des tâches qui n'avaient rien à voir avec l'entreprise.

– Quelles tâches ?

– Après une enquête discrète, nous avons constaté que cinq machines effectuaient des calculs sans discontinuer alors qu'elles n'auraient pas dû être en fonction.

Logicielle songea à la résolution du théorème de Fermat, mais elle datait de plus de dix ans. Il s'agissait donc d'autre chose.

– Des calculs ? Quel genre de calculs ?

– Gata nous a avoué qu'il avait affecté les ordinateurs, à temps perdu, aux recherches du projet SETI.

– C'est un projet de votre entreprise ?

– Le projet SETI est international, déclara Max. Il concerne la radioastronomie. C'est bien ça ?

Riou et Bournazel hochèrent la tête. Daniel Lafou, lui, semblait tomber des nues.

– SETI signifie *Search for Extraterrestrial Intelligence*, poursuivit Max.

– Recherche d'intelligence extraterrestre ? traduisit Logicielle. C'est une blague ?

– Pas du tout, affirma son adjoint en prenant les trois membres de la BEE à témoin. Au cours de la deuxième moitié du XXe siècle, ce projet a suscité l'attention des radioastronomes du monde entier. Ils avaient braqué leurs radiotélescopes vers plusieurs centaines de systèmes solaires susceptibles d'abriter une forme de vie. Ils s'étaient mis en permanence à l'écoute de signaux codés et cohérents.

– Vous êtes très bien renseigné ! complimenta Bournazel.

– Et… on a reçu des messages extraterrestres ? demanda Logicielle, impressionnée.

– À l'époque, aucun, répondit Max. Et vers 1980, le projet fut abandonné. Mais quinze ans plus tard, dopé par les progrès de l'informatique, il reprit dans le monde entier, notamment sous l'impulsion de l'astrophysicien David Brin, qui est aussi écrivain. Les scientifiques sollicitèrent alors l'aide des astronomes amateurs abonnés à Internet, leur demandant de laisser leur ordinateur connecté afin qu'ils participent aux calculs. À temps perdu.

– Étant donné la puissance de nos machines, reprit Bournazel, l'aide clandestine de notre ami Gata au projet SETI n'était pas négligeable !

– Je me permets de vous signaler, ajouta Max, que l'expérience a porté ses fruits. Huit signaux suspects sont en cours de décodage. Le dernier enregistré date de septembre 2004.

Ignorant l'interruption, le chef du personnel continua :

– Mais voilà, Gata utilisait les ordinateurs à notre insu ! Ce qui constituait une faute professionnelle.

– Vous l'avez sanctionné ? s'inquiéta Logicielle.

– Bournazel et moi l'avons convoqué un matin et sermonné avec tact, expliqua Riou. Je lui ai promis d'essayer de convaincre la direction générale d'accepter que ces connexions deviennent officielles et soient étendues à nos succursales européennes. Mais le temps a coulé et Guy Gata s'est calmé.

– Nous pensions que cette lubie lui avait passé, ajouta Bournazel.

– Il a replongé ? demanda Logicielle.

Bournazel se tourna vers Riou qui, de la façon neutre et militaire qui devait lui être familière, déclara :

– Avant que vous ne reveniez, je me suis renseignée auprès des trois collaborateurs de Gata. Ils m'ont révélé il y a une heure que des ordinateurs avaient à nouveau été utilisés sans motif professionnel ces dernières semaines.

– Toujours pour le projet SETI ?

– Non. Les programmes ne se sont pas connectés sur Internet. Les traces du serveur ont été vérifiées.

Logicielle se leva d'un bond.

– Puis-je examiner ces ordinateurs ? Avoir accès au bureau de la victime ?

– Bien sûr ! répondit Riou.

– Et interroger ses collaborateurs ?

– Ils sont hors de cause, mademoiselle ! s'empressa de préciser Bournazel.

– Ce sont des gens de confiance, confirma le DRH qui devait se sentir écarté. Jules et Jim travaillent ici depuis près de six ans, et Céleste depuis plus de douze.

Riou les invita à quitter le bureau du PDG pour les entraîner dans le couloir principal, Bournazel et Lafou à sa suite. Elle arriva face à une porte vitrée et, pour entrer, utilisa sa carte à puce. Elle fit pénétrer ses hôtes dans une grande salle vivement éclairée où s'alignaient une batterie d'appareils et d'écrans. Aussitôt, deux jeunes gens, des jumeaux, vinrent à leur rencontre. Riou fit les présentations. Ils avaient l'âge de Logicielle ou Max, entre vingt-cinq et trente ans.

– Le bruit qui court serait donc vrai ? demanda l'un d'eux. Il serait arrivé quelque chose à Big Bug ?

– Oui, confirma Riou. Il a été retrouvé mort à son domicile ce matin.

– Big Bug ? répéta Logicielle.

Daniel Lafou grimaça un sourire et expliqua :

– C'était le sobriquet de notre responsable informatique. Il en avait sans doute été affublé en raison de ses responsabilités ici.

– Vous voulez dire... parce qu'il gaffait[1] souvent ? demanda Logicielle.

– Mais non ! s'empressa de rectifier le DRH.

1. En jargon informatique, un bug (en français : bogue) désigne une erreur ou un virus introduit dans un programme. À l'origine, dans les années cinquante, à l'époque où les ordinateurs primitifs étaient gigantesques et fonctionnaient avec des lampes, ces erreurs étaient provoquées par des insectes qui se glissaient parfois dans les circuits. D'où le terme de bug qui, en anglais, signifie insecte ou punaise.

– C'est à cause de sa taille, expliqua l'un des jumeaux. Et des grosses lunettes d'écaille qu'il portait avant d'adopter les verres de contact.

– Son visage ressemblait alors à celui d'une tête de mouche, confirma l'autre jumeau. Donc Big Bug est mort ?

– Il s'agit d'un meurtre, révéla Logicielle, attentive à leur réaction.

Leur mine ébahie fut plus éloquente qu'un interrogatoire.

Le troisième informaticien, qui les avait rejoints, avait accusé le coup sans ciller. Plus âgé, d'origine antillaise, il ne portait pas de blouse mais une chemise en soie d'une élégance recherchée. Il se contenta de murmurer :

– Eh bien, le malheureux ne profitera pas de ses vacances.

– Il avait posé quinze jours de congé à partir de demain vendredi, précisa le chef du personnel.

– Jim et moi avons passé la première partie de la soirée ensemble, en boîte, s'empressa tout à coup d'affirmer l'un des jumeaux. Jusqu'à… voyons, Jules, il était 1 heure du matin ?

– À peu près, approuva l'autre très embarrassé. Ensuite, eh bien nous étions en compagnie d'une jeune fille qui témoignera que…

– Vous n'êtes pas en cause, les rassura Logicielle en souriant.

Jules et Jim ! Leurs parents n'avaient pas fait preuve d'imagination. Et les jumeaux semblaient tenir à leur rôle. Elle ajouta :

– Toute information nous permettant d'identifier le meurtrier de Guy Gata ou de nous renseigner sur les motifs de son assassinat nous serait très utile. Connaissez-vous cette écriture ?

Elle sortit de son blouson le calepin qu'elle avait découvert dans la cocotte-minute et l'ouvrit. Les collègues de la victime se penchèrent sur les chiffres. Leurs commentaires furent variés mais unanimes.

– Non. En tout cas, ce n'est pas celle de Big Bug.

– Ni celle d'aucun d'entre nous.

– Et d'après vous, qui êtes informaticiens, que peuvent signifier ces calculs ? demanda Logicielle.

Ils froncèrent les sourcils dans un ensemble parfait.

– Euh... pas grand-chose, murmura Jules. Qu'en dis-tu, Jim ?

Son frère parcourut longuement les colonnes avant d'affirmer :

– C'est incohérent, ce sont des suites sans aucun sens apparent.

Logicielle sourit et s'informa :

– Votre collaborateur avait-il des ennemis ?

– Notre collaborateur ? Il était notre supérieur

hiérarchique, corrigea Jules. Des ennemis ? Non, je ne crois pas.

– Avait-il seulement des amis ? compléta Jim dans une grimace.

– Et vous, Céleste, qu'en dites-vous ? demanda Bournazel au troisième informaticien.

– Big Bug était très discret. Nous avions beau nous tutoyer et former avec Jules et Jim une équipe efficace et soudée, il restait en retrait. Il était d'une rare compétence mais...

L'homme hésita, sembla quêter une approbation auprès de Riou avant de poursuivre :

– Nous ignorions à peu près tout de sa vie privée. Je savais qu'il habitait en face. Jamais il ne prenait ses repas ici, avec nous.

– Il rentrait toujours chez lui à midi ? demanda Logicielle.

– Pas toujours, révéla Jim. Parfois, il déjeunait chez Babar.

– Babar ?

– L'un des nombreux petits restaurants proches de la tour, expliqua Bournazel en désignant le boulevard. Nous avons pourtant en sous-sol un excellent self-service où la plupart de nos employés prennent leurs repas.

– En fait, reprit Céleste, je ne connais même pas son numéro de téléphone.

Il se tourna vers ses deux collègues qui, d'une même voix, révélèrent :

– Nous non plus.

– Pour ma part, précisa-t-il encore, j'ai rejoint mon domicile hier soir vers 19 heures. J'habite avec un ami, nous ne nous sommes pas quittés de la soirée.

Devant l'embarras de ceux qui l'entouraient, il ajouta en souriant :

– Ni de la nuit. Je vis avec lui, ce n'est pas un secret, je n'ai rien à cacher.

– Vous n'êtes pas soupçonné, répondit Logicielle.

Elle désigna la batterie d'ordinateurs alignés qui ronronnaient doucement sous les néons.

– Mme Riou m'a révélé que ces machines ont tourné sans motif durant ces dernières semaines. Il semblerait qu'elles aient été affectées à des tâches qui ne concernent pas la BEE. Est-ce Guy Gata qui les avait programmées pour cela ?

– Je ne vois pas qui d'autre aurait pu le faire, grimaça Jim. N'est-ce pas, Céleste ?

– Oui, elles ont fonctionné pendant plusieurs centaines d'heures. En général la nuit. Mais sur quoi travaillaient-elles ? Mystère !

– A-t-on accès à leur mémoire ?

– Hélas non, répondit Jules. Nous venons justement de vérifier, Big Bug a tout effacé.

Logicielle n'en fut guère étonnée. Elle risqua :

– Je suppose qu'on doit pouvoir retrouver la trace de leurs calculs ?

– Impossible mademoiselle, affirma Céleste. Ces mémoires n'ont rien à voir avec les disques durs des micro-ordinateurs habituels.

– Des centaines d'heures, répéta Logicielle, songeuse. Il s'agissait de gros calculs ?

– Difficile d'imaginer autre chose, dit l'autre en souriant.

– À quelle heure précise Gata a-t-il effacé la mémoire de ces machines ?

Jim s'installa face au clavier d'un PC voisin. Trois secondes plus tard, il annonça :

– Ce matin. La fin de la procédure date de 8 heures 18.

– Impossible ! s'écria Max.

– Navré, confirma Jules, mais il n'y a pas d'erreur.

– À cette heure-là, déclara Logicielle, il était mort.

– Qui a accès à ce local ? demanda Riou.

– Nous quatre, expliqua Jim qui continuait à interroger l'ordinateur. Vous-même, madame. Et M. Moreau. Ah, voilà ce que je cherchais. C'est ça : Big Bug est arrivé ici ce matin à 7 h 55, il en est reparti à 8 h 25.

– Ce n'était pas Gata mais l'assassin, affirma Logicielle.

– L'assassin ? répéta Jim incrédule.

– Oui. Il a utilisé le badge de Gata pour entrer. Entre 8 et 9 heures du matin, il n'y a pas encore grand-monde à cet étage ?

– Les femmes de ménage, confirma Riou d'une voix blanche. Et de rares employés matinaux. Ce matin, je suis arrivée à 7 h 30. J'ai passé plus d'une heure dans la salle de projection pour préparer la réunion de 9 heures.

– Le meurtrier ne manque pas de culot ! grommela Max.

Logicielle ne répondit pas. Étant donné les risques pris par l'assassin, elle devinait que ce qu'il avait effacé devait être un indice majeur. Déjà, Riou les entraînait au pas de gymnastique à l'extrémité du couloir ; elle fit halte face au comptoir derrière lequel trois employées étaient assises.

– Mesdemoiselles ? Nous aimerions vous poser quelques questions.

Riou s'effaça devant Logicielle, qui désigna les portails de sécurité.

– Ce matin, peu avant 8 heures, vous avez dû voir passer un inconnu. Un homme ou une femme qui n'est pas employé à la BEE.

Deux des standardistes se tournèrent vers la troisième dont le badge indiquait qu'elle se prénommait Justine.

– À cette heure, dit-elle, j'étais la seule ici. Le premier visiteur à s'être présenté, c'était vous, mademoiselle. Vers 11 heures.

– Cette personne est entrée grâce à un badge volé, précisa Logicielle. Elle ne faisait pas partie de la maison.

La jeune Justine leva les yeux au ciel.

– Comment voulez-vous que je me souvienne ? Chaque jour, je vois des visages nouveaux ! Ici, il y a beaucoup d'intérimaires, sans parler des agents chargés du nettoiement.

– Il était 8 heures moins 5.

– Je devais être au téléphone.

– Cette personne est ressortie à 8 h 25, précisa Max.

– Je suis désolée, je n'ai pas fait attention.

– Pouvez-vous me dire qui, ce matin, est arrivé avant 8 h 30 ? reprit Logicielle.

– Elle non, mais moi, oui, déclara Riou en invitant Justine à lui laisser la place devant son ordinateur.

Le résultat de ses recherches fut quasi instantané : huit personnes, dont le faux Gata et elle-même.

– Je vais interroger ces six employés, dit-elle en notant leur nom dans son dossier. Ils ont pu apercevoir notre homme.

– Avez-vous pensé aux vidéos du rez-de-chaussée ? suggéra Justine.

– C'est juste, grommela Riou. Allons-y.

Sans attendre d'acquiescement, elle fila d'une traite jusqu'aux escaliers qu'elle descendit quatre à quatre. Les hôtesses d'accueil devaient bien connaître le bras droit du patron de la BEE car en moins d'une minute, le petit groupe fut admis dans l'étroit local de la sécurité où étaient rassemblés trois vigiles et deux chiens de garde pourvus de laisses et de muselières.

– Ce matin, juste avant 8 heures ? murmura l'un des vigiles en plaçant un CD dans le lecteur. Voilà, nous y sommes.

Entre 7h45 et 7h53, une centaine de personnes étaient entrées dans la tour Pleyel, mais sur l'écran on ne voyait que des silhouettes lointaines en noir et blanc, identiques et interchangeables. À 7 h 54, une quinzaine d'employés, parfois encombrés de parapluies, pénétraient en trombe, certains ôtant à la hâte leurs impers trempés.

– Je me souviens, dit le vigile, il y a eu une averse à ce moment-là.

– Ça tombe mal, bougonna Max. On ne distingue aucun visage.

Logicielle se mit à la place de l'assassin. Il devait connaître les lieux et savoir qu'il serait filmé. Peut-être avait-il profité de cette averse providentielle. Elle soupira.

– Non seulement il n'a pas commis d'erreur mais nous jouons de malchance !

Interroger les hôtesses ? La tour abritait vingt sociétés et chacune employait des centaines de salariés. Elle remercia le vigile et, découragée, se tourna vers Riou.

– Pouvez-vous nous mener, mon collègue et moi, dans le bureau de Guy Gata ?

Logicielle vit son dernier espoir fondre comme neige au soleil en entrant dans ce local aveugle de dix mètres carrés. Outre le bureau sur lequel trônait un PC, son mobilier était composé d'une armoire métallique dans laquelle étaient rangés quelques dossiers de carton rouges ou verts. Elle s'assit face à l'écran de l'ordinateur.

– Est-il protégé par un code ? demanda-t-elle à Riou.

– Oui, celui du badge de chaque employé.

Voyant que les trois membres de la BEE attendaient, immobiles, sur le seuil du bureau, elle les congédia avec un aimable sourire, en les remerciant pour leur collaboration. Elle préférait inspecter le bureau de Gata sans témoins.

– Max ? Pendant que je m'occupe de cette bécane, jette un coup d'œil sur les classeurs rangés dans l'armoire, veux-tu ?

Dix minutes suffirent à Logicielle pour fouiller le contenu des mémoires. Leurs données concernaient exclusivement l'entreprise. Quel genre de calculs Gata avait-il pu exiger des gros ordinateurs, dont son micro ne recélait aucune trace ?

– Les dernières modifications ont eu lieu ce matin à 8 h 10. Là encore, l'assassin est passé avant nous ! Et toi, Max, que trouves-tu ?

– Des tonnes d'informations concernant le parc informatique de la banque ! Mais rien de suspect ni d'original.

Logicielle ouvrit les quatre tiroirs du bureau, où étaient alignés avec un soin méticuleux tampons, agrafeuse, stylos bille, effaceur, crayons... Pas une seule disquette.

Sur le bureau, ni photo ni plante verte. Même le coupe-papier portait le sigle de l'entreprise. Mis à part les brefs épisodes SETI et théorème de Fermat, Gata mêlait peu sa vie privée à son travail.

Soudain, Logicielle poussa un cri, si perçant que Max lâcha le dossier qu'il avait en main.

– Qu'y a-t-il ?

– J'ai découvert ce que je cherchais, Max ! Le détail qui a échappé à l'assassin.

Elle brandit sous le nez de son adjoint deux objets plats de la taille de son pouce.

– Qu'est-ce que c'est ?

– Tu vois bien, des clés USB[1]. Peut-être l'équivalent du contenu d'un disque dur ! Ces objets qui n'ont l'air de rien pourraient bien contenir... la clé du mystère.

1. D'un poids et d'une taille dérisoires, une clé USB est une unité de sauvegarde amovible qui peut contenir aujourd'hui de 128 mégas à 1 voire 2 gigaoctets. « Mémoire-flash » comprise par l'ordinateur comme un disque dur amovible, elle permet de stocker et de transporter un grand nombre d'informations numériques : texte, images, son, etc.

7

Cœur battant, Logicielle introduisit la première clé dans l'un des ports USB qui figuraient sur la façade de l'ordinateur. Elle cliqua sur l'explorateur de programmes et fit apparaître un fichier baptisé GRI05854.WAV.

– Alors ? interrogea Max. Qu'est-ce que ta clé contient ?

– Apparemment un fichier audio. Au format wav[1]. À en juger par le nombre d'octets et le mode d'encodage, il s'agit d'une vingtaine de minutes d'enregistrement. Il date du 22 août de l'an dernier.

– C'est le testament enregistré par Big Bug ? ironisa Max.

Des haut-parleurs jaillit soudain, en stéréo, un impressionnant paysage sonore. Sur un fond de vent léger et de lointains chants d'oiseaux, se détachaient mille crissements réguliers.

– On dirait... oui, ce sont des cigales ! s'écria Max.

1. Wav : de wave (en anglais, onde), format d'un fichier stockant des sons sous forme d'ondes.

– Plutôt des grillons, la stridulation est moins intense. Écoute !

Fascinée, Logicielle se laissa bercer par l'étrange mélodie qui avait des vertus hypnotiques. À l'étroit et impersonnel bureau s'était substitué un espace immense et ensoleillé, verdoyant et aéré, bordé à l'horizon par des arbres et des collines. Une illusion sonore de quiétude, de vacances et d'été.

– Et à part ce concerto pour grillons obligés, demanda Max au bout de trois longues minutes, qu'y a-t-il d'autre ?

– Rien, je le crains.

Logicielle fit avancer l'enregistrement... Toujours les grillons.

– J'apprécie la musique minimaliste, grommela Max, mais c'est tout de même un peu répétitif et lassant, non ?

– Hélas, à mon avis, nous n'avons rien d'autre. Il faudra vérifier.

– Et l'autre clé ?

Elle retira la première et mit la seconde en place. Elle contenait douze fichiers, appelés GRI03119.WAV, GRI03120.WAV et ainsi de suite. Logicielle craignait le pire. Et il eut lieu. Car ce qui jaillit dans la pièce semblait la copie conforme de la séquence précédente.

– C'est une blague ? demanda Max.

– Je ne crois pas. Écoute ! Ce ne sont pas les mêmes enregistrements.

Sur celui qu'ils entendaient, un grillon, très proche, semblait tenir une voix soliste, ses compagnons soutenant son chant d'un accompagnement lointain. Les cris des oiseaux, eux, avaient quasiment disparu. Seul le vent, parfois, apportait une légère touche de mystère. Étrangement, la plaisanterie de Max sur la musique minimaliste fit sens dans l'esprit de Logicielle. Une seconde, elle eut la certitude qu'il ne s'agissait pas là d'un chaos sonore aléatoire mais d'une symphonie savamment orchestrée. Elle jeta un coup d'œil sur le poids des fichiers.

– 1,8 gigaoctets, Max !

– Ce qui signifie, en langage normal ?

– C'est énorme. L'ensemble des fichiers, en format MP3, totalise 40 heures d'enregistrement, au lieu d'une demi-heure sur la première.

– Ce qui signifie ?

– Que le son, ici, a été compressé.

– Pourquoi ne l'a-t-il pas été sur la première clé USB ?

Bonne question, songea Logicielle. D'autant que les fichiers de cette dernière clé, antérieurs, dataient de juillet. Oui, pourquoi Gata, après avoir engrangé 40 heures de son compressé, avait-il enregistré 20 minutes du chant des grillons...

– ... en haute fidélité ? acheva-t-elle à mi-voix. Car si le son est compressé, le spectre sonore est réduit. L'enregistrement court est donc plus fidèle que celui des autres fichiers.

– Que dis-tu ? demanda Max.

– Je réfléchis à voix haute.

Mais le chant entêtant des grillons qui emplissait l'espace brouillait son cerveau, tel un gigantesque parasite continu. Elle stoppa l'enregistrement et glissa les deux clés dans son sac.

– Ce soir, dit-elle, j'examinerai ces fichiers chez moi à tête reposée.

Finalement, pensa-t-elle, elle se consacrait jour et nuit à son métier. Ce qui n'empêchait pas Delumeau d'être toujours insatisfait.

Ils rejoignirent le bureau de Patrick Moreau, qui était vide. On leur indiqua où se trouvait la salle de projection dans laquelle se prolongeait la réunion du matin. Dominique Riou, qui jouait les cerbères à l'entrée, les raccompagna jusqu'aux portails de sécurité.

– Si vous avez la moindre question, n'hésitez pas à m'appeler, dit-elle en les gratifiant d'une poignée de main vigoureuse et en leur tendant sa carte de visite.

– Précisément, dit Logicielle, savez-vous si Guy Gata avait un véhicule et où il le garait ?

Désarçonnée une seconde, Riou finit par s'écrier :

– Oui ! Une vieille Coccinelle jaune. Un soir, nous nous sommes croisés dans le parking, juste après la fermeture des bureaux pour les congés de fin d'année. Comme je m'étonnais qu'il prenne sa voiture, il m'a confié qu'il partait directement à la campagne. Il a même précisé, attendez...

– « Mon petit cabanon des Charentes » ?

– Exact ! fit Riou, stupéfaite. Comment le savez-vous ?

– Ce parking souterrain est accessible à tous ?

– À pied, oui. Mais pour entrer ou sortir avec son véhicule, il faut un passe. Voulez-vous que je vous y emmène ?

– Inutile, nous nous débrouillerons. Encore merci, madame Riou.

Négligeant les ascenseurs, Logicielle emprunta l'escalier, Max à ses trousses. Elle descendit jusqu'au niveau moins un, car de nombreux panneaux précisaient qu'on y trouvait la billetterie et le gardien.

– Moins vite ! protesta son adjoint d'une voix rogue. Ma parole, la nervosité de Riou est contagieuse ! Tu pourrais me dire ce que tu as en tête ? À moins que tu ne préfères enquêter seule ?

Elle s'arrêta pour se tourner vers lui.

– Pardonne-moi, Max, mais si je dois te consulter à chaque fois qu'une idée me vient à l'esprit, nous risquons de piétiner longtemps. Maintenant, je ne suis pas opposée à tes initiatives. Si tu as une suggestion, j'achète.

Puisqu'il ne réagissait pas, elle ajouta :

– Et je te signale que je ne joue pas les francs-tireurs. Quand la moindre information me parviendra, quand la moindre intuition m'effleurera, je t'en ferai part. Oralement. À moins que tu ne préfères un rapport en trois exemplaires ?

Il leva les mains en l'air, indiquant qu'il capitulait. Parvenue devant le guichet du gardien, Logicielle lui tendit sa carte professionnelle et désigna Max qui, lui, était en tenue.

– Nous aimerions connaître l'emplacement du parking de Guy Gata. Il travaille à la BEE et possède une Volkswagen jaune.

L'employé leur sourit, demanda l'orthographe de Gata et, après avoir pianoté sur le clavier de son ordinateur, annonça :

– Niveau moins trois, emplacement 117. Allée B.

Une minute plus tard, ils étaient sur place. Le parking de l'informaticien était vide. Logicielle étouffa un juron.

– Tu penses que l'assassin est parti avec la voiture ? demanda Max.

– C'est l'hypothèse la plus vraisemblable, non ? Il avait les clés, la carte pour entrer et sortir... peut-être connaissait-il la voiture de sa victime !

– Possible. Si ça se trouve, Gata avait noté son emplacement sur le porte-clés.

Ils revinrent au niveau moins un et interrogèrent le gardien.

– Ce matin, vers 8 heures et demie ? Oui, j'étais de service. Mais je n'ai pas fait attention. Vous savez, il y a tant de mouvement, ici !

Logicielle désigna les caméras vidéo qui filmaient les entrées et sorties du parking.

– C'est une ligne de surveillance directe, avoua le gardien en désignant la batterie d'écrans alignés sur le bureau. Il n'existe pas d'enregistrement.

– Pouvez-vous me communiquer l'immatriculation du véhicule ?

Dès qu'ils eurent rejoint l'air libre, Logicielle saisit son portable.

– Jean-François ? C'est encore moi. Pourrais-tu lancer un avis de recherche sur un véhicule volé ? Oui, depuis ce matin, 8 heures 30. Une Coccinelle jaune, tu notes le numéro ? Merci.

– Ça alors, regarde ! jeta Max en levant la main.

Elle aperçut, perché sur une interminable échelle, un employé muni d'un long balai qui achevait de placarder une affiche sur l'un des panneaux publicitaires du boulevard. Elle représentait, peints sur un fond d'étoiles dans un style hyperréaliste, une ribambelle de criquets qui se passaient un témoin, comme au quinze cents mètres. Un témoin très particulier puisqu'il était en réalité une chaîne d'ADN. L'affiche annonçait :

CONGRÈS MONDIAL D'ENTOMOLOGIE

13, 14 et 15 mai à Orléans

– Étonnant, admit-elle. C'est une œuvre de Rajeski, non ?

Depuis plus de trente ans, ce peintre polonais réalisait les affiches du festival de Cannes et les couvertures d'un grand nombre de romans de science-fiction.

– Non, troublant ! rectifia Max. Je résume. Big Bug possède une Coccinelle, il enregistre des grillons et voilà que la pub nous inonde de sauterelles. Ça fait beaucoup d'insectes d'un coup, tu ne trouves pas ?

Sur l'affiche, le faciès monstrueux du criquet en gros plan fixait le spectateur avec une expression presque humaine. Confusément, Logicielle devina que ce tableau énigmatique possédait un sens caché. À travers ce regard insolite, c'était un peu Guy Gata qui la contemplait.

– Hé, Logicielle, tu rêves ?

– Oui. Je pense aux risques répétés qu'a pris l'assassin.

– Le fait qu'il soit entré dans l'immeuble puis dans les locaux de la BEE ?

– Et qu'il se soit enfui ce matin avec le véhicule de sa victime. Une Volkswagen jaune. Jaune, Max, tu imagines ?

Il éclata de rire.

– Tu as raison. Les Coccinelles sont rares et avec cette couleur, on la repérera vite !

Ils avaient traversé le boulevard et rejoint la moto. La circulation était devenue dense, il était près de 18 heures.

– Je te raccompagne chez toi ? proposa-t-il en ajustant son casque.

– Repassons d'abord par la brigade. J'aimerais avoir des nouvelles de l'autopsie.

À cet instant, le portable de Logicielle sonna. Une voix féminine fraîche et angoissée demanda :

– Vous êtes le lieutenant de police Logicielle ?

Aussitôt, elle sut qui était en ligne.

– Mademoiselle Sandrine Gata ?

– Oui. Je vous appelle de Dakar, je suis en transit. Qu'est-il arrivé à mon oncle ?

Logicielle détestait ce genre de situations. Surtout quand elle ne pouvait faire face à son interlocuteur.

– J'ai une très mauvaise nouvelle, mademoiselle. Il a été retrouvé ce matin, décédé, à son domicile.

Il y eut une brève exclamation étouffée. Logicielle devina que la jeune femme reniflait et se mouchait. Elle reprit très vite ses esprits.

– Quand j'ai reçu votre message, j'ai craint le pire. Mon Dieu, que lui est-il arrivé ? Comment cela s'est-il passé ? Pourquoi la police ?

– Écoutez, mademoiselle Gata, j'ai beaucoup de questions à vous poser et je préférerais que nous nous rencontrions. Le plus tôt sera le mieux. Quand serez-vous en France ?

– Demain. J'atterris à Roissy à 10 h 30.

– Eh bien je me rendrai à Roissy demain matin avec un collègue. Où atterrissez-vous ? Le terminal E ? Entendu, mademoiselle. J'y serai.

Au moment où Logicielle enfourchait la moto, son portable vibra une nouvelle fois. Elle enleva son casque à la hâte et ordonna à Max d'arrêter le moteur.

– Logicielle ? C'est doc Ti Wac. Je viens d'achever l'autopsie de votre client. Je voulais vous prévenir tout de suite.

– Vous avez découvert quelque chose ?

– Qui sait ? Vous avez le temps de faire un saut à la morgue ou vous préférez attendre demain et lire mon rapport détaillé ?

– Nous sommes là dans dix minutes ! assura-t-elle en raccrochant.

– Dix minutes ! bougonna Max en remettant sa moto en marche. C'est toi qui le dis !

Max avait protesté pour la forme. À 18 h 05, ils pénétraient dans les sous-sols de l'hôpital Bichat.

8

– Les deux balles proviennent d'un revolver Smith & Wesson de calibre 38. La première a touché la moelle épinière et est ressortie par le poumon droit. La seconde est entrée dans la boîte crânienne derrière l'oreille gauche ; elle est ressortie par la mâchoire en brisant deux molaires.

Le légiste fit pivoter la tête du cadavre pour étayer sa démonstration. Max, qui se tenait les narines pour ne pas respirer les odeurs de formol, recula encore d'un pas.

– Les deux coups de feu ont été tirés à peu de distance, ajouta doc Ti Wac en se frottant la barbe, et à une ou deux secondes d'intervalle. Le premier était mortel, la victime a succombé très vite.

– Qu'appelez-vous peu de distance, doc ? s'informa Logicielle. À bout portant ?

– Quatre ou cinq mètres environ. Et l'impact des balles indique que le tireur se trouvait au-dessus de sa victime – et que cette dernière lui tournait le dos, bien sûr.

Elle tenta de reconstituer la scène, ce qui n'était guère difficile. Quand l'assassin avait tiré, il devait se trouver posté au milieu de l'escalier qui menait au sixième étage. Gata, qui ouvrait sa porte, n'avait pas soupçonné la présence de son meurtrier derrière lui.

Logicielle se tourna vers Max.

– Qui habite au sixième ?

– Mme Châtain. Tu sais, cette dame de quatre-vingt-dix ans...

– ... impotente, je me souviens. Qui loge dans les deux autres appartements ?

– Personne. Le studio du sixième droite est en vente depuis un mois. Quant au couple qui habite dans le deux-pièces à gauche, il est parti dimanche dernier en voyage organisé aux Seychelles.

– Ce couple a laissé les clés à quelqu'un ?

– Oui. À la voisine, Mme Châtain.

Logicielle marqua un temps.

– Impotente, dis-tu ?

– Elle se déplace avec un déambulateur. Oh, elle peut esquisser quelques pas sans aide mais à mon avis, si elle a fait le coup, il lui a fallu de sacrées doses de Dopamine. Sans compter qu'elle a dû traîner à l'intérieur de l'appartement un cadavre de cent kilos.

– Cent trois kilos six cents grammes, précisa le médecin.

– À quelle heure situez-vous le décès, doc ? demanda Logicielle.

– Hier soir, entre 19 et 21 heures.

– Donc entre 20 h 03 et 21 heures, déduisit Max qui avait encore reculé.

Ce qui chagrinait Logicielle, c'étaient les mystérieux va-et-vient de l'assassin qui avaient réveillé Mme Jaouss dans la nuit.

– Rien d'autre, doc ? insista-t-elle.

– Oh, mille choses ! Une dent de sagesse avec une méchante carie que la victime aurait dû faire soigner au plus vite. Un durcissement de certaines artères... ainsi que l'état médiocre des poumons. Notre homme a dû fumer dix ou quinze ans mais il s'est arrêté à temps.

– Précaution hélas inutile, fit-elle en aparté.

– Il a pris son dernier repas vers midi, vous en voulez le détail ?

– Non, merci ! jeta Max qui avait ouvert la porte de la salle pour respirer l'air du couloir.

– Pourquoi pas ? Dites toujours, encouragea Logicielle.

– Une soupe au bœuf. Ou du bœuf sauté au soja, avec du riz cantonais. J'ai trouvé aussi quelques champignons noirs. Et des traces de piment.

– Donc un repas chinois ?

– Ma foi, ça y ressemble. Mais pour dénicher l'adresse du restaurant où il a déjeuné, j'aurai plus de difficultés.

– Ça, dit Max depuis le seuil, c'est notre affaire. Merci, doc, et à bientôt !

Ils rejoignirent la moto.

– Je ne vois pas ce qui te chagrine, lança Max en ajustant son casque.

– C'est simple. Hier midi, Mme Jaouss a entendu Gata rentrer et repartir. Il n'a donc pas été au restaurant.

– Il a sans doute acheté un repas chez un traiteur.

– Peu probable. J'ai découvert un peu de soja dans le bac à légumes et un morceau de bœuf qui a dû servir à faire la soupe.

– OK. Gata s'est fait lui-même un petit repas chinois. Et alors ?

– Tu saurais me concocter une soupe au bœuf et du riz cantonais ?

Excédé, Max haussa les épaules.

– Avec des surgelés, je suis capable de te surprendre.

– Dans le domaine culinaire, ne put-elle s'empêcher de rétorquer, voilà longtemps que tu ne me surprends plus.

Face à cette attaque directe, le visage de Max se ferma.

– Bon, lança-t-il. Je te raccompagne chez toi. Au moins, ce soir, tu dîneras à ta guise.

Le retour fut morne et rapide. Quand il la déposa devant son immeuble, il se contenta de la saluer d'un hochement de tête et d'un bref signe de la main. Puis il repartit très vite, pleins gaz. Logicielle se retrouva sur le trottoir, seule et désemparée. Elle en aurait pleuré.

– Bon sang, grommela-t-elle en regardant la moto se faufiler dans la circulation, Max ! Max... qu'est-ce qui t'arrive ?

Certes, elle l'avait provoqué mais c'était dans l'espoir qu'il vide son sac et lui révèle enfin les griefs qu'il devait ruminer depuis plusieurs semaines. Jusque-là, ils avaient réussi à régler les malentendus qui étaient le lot de leur vie quotidienne, aussi bien dans le privé qu'au travail. Quand la situation s'était-elle inversée ? Pourquoi, depuis peu, la battait-il froid et jouait-il les indifférents blasés ?

En entrant dans son studio, par réflexe, elle mit en marche la télévision et son OMNIA 3.

– *Bonsoir Logicielle !* lança jovialement la voix de l'ordinateur. *Que souhaites-tu faire aujourd'hui ?*

Elle ne répondit pas, ouvrit son réfrigérateur et en sortit quelques provisions. En jetant un yaourt entamé et périmé, elle s'aperçut que sa poubelle était pleine. Elle ferma le sac en plastique et en installa un neuf. Plusieurs images lui revinrent aussitôt en mémoire. L'intérieur du frigo de Gata avec ses bananes noires et son morceau de bœuf découpé. Sa poubelle vide qu'il avait négligé de pourvoir d'un nouveau sac.

– Je me demande... non.

Elle s'interdit de penser. Parfois, ses hypothèses hardies la menaient vers de fausses pistes qu'elle perdait du temps à explorer.

– *Que souhaites-tu faire aujourd'hui ?* répéta l'OMNIA 3.

– ... participer au congrès mondial d'entomologie, expliquait une jeune journaliste de la première chaîne avec, en fond d'écran, la fameuse affiche de Rajeski. À l'invitation de Martin Triton, l'organisateur de cette manifestation, les plus grands spécialistes des insectes vont livrer ce week-end les derniers résultats de leurs recherches. La conférence la plus attendue est bien sûr celle de vendredi après-midi à 15 heures...

Logicielle s'aperçut que son esprit vagabondait. Ce congrès avait-il un rapport avec les chants des grillons enregistrés par Gata ou s'agissait-il d'un hasard ? Elle glissa l'une des clés dans le port USB de l'OMNIA 3 et demanda :

– De quoi s'agit-il ?

– *Stridulations de grillons. Durée 28 minutes. Date d'enregistrement 22 août. Format WAV.*

– Notes-tu quelque chose de particulier ou d'anormal dans cet enregistrement ?

– *Non,* répondit l'OMNIA 3 après quelques secondes. *Formule une question précise, Logicielle.*

Déçue, elle sut qu'elle n'en tirerait rien de plus ; elle sortit le calepin de son sac et plaça la première page sous le scanner.

– De quel genre de calculs s'agit-il ?

Une fois encore, l'ordinateur marqua un temps.

– Ce sont des séries de chiffres sans suite apparente... Ce pourrait être une sorte de code. Mais je ne dispose pas d'éléments suffisants pour une analyse.

Son OMNIA 3 était une machine puissante mais hélas limitée.

Elle sortit de son sac les factures du fournisseur d'accès de l'informaticien et dut se battre pendant une demi-heure avec les répondeurs automatiques de Freecom.

– Si votre demande concerne votre abonnement, tapez 1. Si vous souhaitez avoir des informations...

Elle obtint enfin un correspondant en chair et en os et lui expliqua son problème. Il la fit patienter, puis passer de service en service jusqu'à ce qu'elle obtienne un responsable apparemment compétent.

– Identifier les correspondants de cet abonné ? Oui, c'est faisable, nous allons effectuer une recherche.

– Merci. J'aimerais avoir le plus de renseignements possible.

– Pour ses conversations téléphoniques, vous aurez la liste des numéros que vous... que cet abonné a appelés depuis deux mois et l'heure des appels. En ce qui concerne ses correspondants Internet, nous vous fournirons les pseudonymes et la taille des mails envoyés et reçus, ainsi que celle des documents joints.

– Mais leur contenu ? demanda Logicielle.

L'autre soupira avant de jeter sur un ton sarcastique :

– Vous plaisantez, je suppose ? Pourquoi pas l'enregistrement des conversations téléphoniques ? Non mademoiselle, rien n'est conservé, conformément à ce qu'exige la loi « informatique et libertés ». Il nous faudrait d'ailleurs des capacités gigantesques et nous croulerions vite sous les archives ! D'autre part, je vous signale que nous ne pouvons adresser cette liste qu'à la police.

– Bien entendu. À la brigade de Saint-Denis. Voici l'e-mail du commissariat et le numéro du fax. Le plus tôt sera le mieux.

Malgré l'heure tardive, elle appela le service de recherche scientifique de la Criminelle.

– Navré Logicielle, dit l'un de ses collègues, mais le meurtrier a oublié d'abandonner un mégot dans un cendrier ou de perdre un bouton de manchette. Nous disposons seulement d'un long cheveu noir ramassé sur le dossier d'un fauteuil. L'analyse génétique est en cours.

– Le paillasson ?

– Nous avons retiré et analysé de la terre, un chewing-gum vieux d'un ou deux ans et du sang. Uniquement celui de la victime.

– Des empreintes ?

L'autre eut une hésitation et révéla d'une voix presque joyeuse :

– Justement, nous voulions te faire la surprise ! Nous en avons relevé une centaine. Elles appartiennent à l'informaticien mais aussi à une autre personne que nous tentons d'identifier.

– Vous n'y êtes pas parvenus ? Elle figure au fichier national ?

– Hélas non. Apparemment, ce n'est pas un citoyen français. Nous sommes en train d'effectuer une recherche plus large, je pensais t'appeler dès que nous aurions un résultat.

Le cœur de Logicielle battit un peu plus fort.

– Les empreintes de cet inconnu sont nombreuses ?

– Oui, une trentaine. Une chance, non ?

Non, eut-elle envie spontanément de répliquer. L'assassin n'avait pas été si imprudent. Qu'il ait abandonné par négligence une ou deux empreintes, soit. Mais pas trente. Quant au cheveu noir, elle doutait qu'il appartienne à l'assassin.

– Voilà ! cria victorieusement l'autre. On m'apporte les résultats.

– Eh bien ?

Son collègue marqua un temps de silence et étouffa un juron.

– Chou blanc ! annonça-t-il. L'individu n'est pas fiché en Europe. Patience, Logicielle, nous allons élargir nos investigations.

Déçue, elle le remercia. Elle avait rarement disposé d'indices aussi maigres. Au bout du compte, que restait-il ?

– Les grillons, murmura-t-elle.

Elle confia à l'OMNIA 3, à fin d'analyse, la seconde clé USB qui contenait les fichiers compressés. Elle n'en apprit pas davantage. Les douze documents, dont la durée variait d'une demi-heure à 3 heures et demie, avaient été enregistrés ou du moins compressés entre le 3 et le 29 juillet de l'année précédente.

– À quel endroit ? Dans quelles circonstances ? À quelle fin ?

Elle avait prononcé ces questions à voix haute mais l'OMNIA 3 ne répondit rien. Elle sentit une détresse sournoise l'étreindre peu à peu. Elle appela Max, décidée à s'expliquer avec lui. Elle tomba sur son répondeur. Quand Max boudait ou était de mauvaise humeur, il allait passer ses nerfs en roulant sur le périphérique ou la Francilienne.

Elle n'avait aucun appétit. Elle décida d'écouter l'un des enregistrements de Gata et s'allongea sur son lit. Le chant des grillons la berçait. Très vite, il devint une mélodie entêtante, un fil qui la tira loin, très loin.

Elle ferma les yeux. Au lieu d'être engloutie par l'obscurité, elle eut l'impression d'être éblouie, comme si le chant des grillons émettait de la lumière. L'un de ces insectes apparut. Il la fixait intensément de l'un de ses yeux à facettes, à l'aspect métallique et artificiel. Un œil dans lequel se reflétaient mille paysages identiques. Chacun d'eux contenait des cohortes de grillons qui crissaient en écho la même mélodie.

Bientôt, elle s'aperçut que les insectes se donnaient la main. Ou plutôt qu'ils étaient reliés l'un à l'autre par l'une de leurs six pattes. Soudain, le plus proche, qui avait une taille gigantesque, tendit une patte vers elle – et Logicielle hésita avant de l'effleurer du doigt. Elle savait que si elle se laissait entraîner, elle remonterait une chaîne interminable et ininterrompue. Un vertige la saisit.

– Viens ! lui dit le grillon qui avait le visage et la voix de Max.

Elle hurla et se leva d'un bond.

Dans la pénombre, elle identifia son studio, aperçut le radioréveil qui indiquait 1 heure du matin. L'enregistrement qu'elle avait mis en marche s'était arrêté. Tout était calme. Non, à dix mètres de là, dans son immeuble, quelqu'un montait lentement l'escalier. Sans doute le voisin du dessus qui travaillait au théâtre Gérard-Philipe. Son enquête en cours lui revint en mémoire, elle repassa l'un après l'autre les éléments dont elle disposait. Une évidence se fit jour tout à coup.

– Bon sang ! s'écria-t-elle. Pourquoi n'y ai-je pas pensé plus tôt ? La petite-fille de Mme Châtain ! Il y a une chance qu'elle ait vu l'assassin !

Elle était encore habillée et faillit partir en hâte pour l'immeuble de Guy Gata. Elle se souvint de l'heure, s'interdit d'appeler Max et se résolut à se coucher. Mais le sommeil ne revenait plus. Malgré le cauchemar provoqué par le chant des grillons, elle remit en marche l'un des enregistrements.

Elle sombra presque aussitôt dans un sommeil paisible et profond.

9

Ce vendredi 13 mai, Logicielle gara sa Twingo à 8 h 30 sur le minuscule parking intérieur de la brigade. Elle nota que la moto de Max n'était pas là. Décidément, son adjoint perdait ses dernières bonnes habitudes. Elle s'apprêtait à rejoindre son bureau quand un cycliste entra dans la cour en trombe. Il s'arrêta et retira ses lunettes fumées pour examiner les deux compteurs fixés sur son guidon. Logicielle se demanda quel était ce collègue qui se rendait au commissariat en vélo mais lorsqu'il retira son casque, elle reconnut le crâne récemment rasé de Max.

Stupéfaite, elle le héla.

– Ah, Logicielle tu es déjà là ? Salut.

Il se dirigea vers elle d'une ridicule démarche de canard. Il finit par poser son engin et s'accroupir pour enlever ses chaussures de vélo.

– Max ! Tu as eu un accident ? Ta moto est en révision ?

Comme il n'esquissait pas le moindre geste vers elle, elle se força à aller l'embrasser. Son visage était trempé de sueur, il haletait.

Il lui adressa un sourire carnassier et, très fier, désigna l'un des compteurs.

– Trente-deux de moyenne ! Et encore, j'ai dû m'arrêter à un feu.

Elle le regarda, bouche bée. D'une voix déjà plus calme, il affirma :

– D'habitude, sur le circuit que je me suis établi en bord de Seine, j'atteins le trente-six.

– Depuis quand fais-tu du vélo ?

– Oh, pas loin d'un mois. Chaque matin, trois quarts d'heure avant de venir au boulot. Mais je me défonce surtout le soir, avec le cyclo-club de Saint-Denis. Là, c'est du sérieux. Quarante bornes. Mais il faut que j'intensifie mon entraînement, c'est pourquoi je viendrai désormais au boulot en vélo.

Il désigna sa machine et commenta crânement :

– Pas mal, hein ? C'est un cadre Look 271 en carbone, avec des roues Mavic Ksyrium Élite et un dérailleur Campagnolo véloce. L'ensemble dépasse à peine neuf kilos.

Elle résolut d'entrer dans son jeu.

– Magnifique, en effet. C'est une... jolie bécane. Mon OMNIA 3 est le roi des ordinateurs et toi, tu possèdes... la reine des bicyclettes.

– Pas une bicyclette, Logicielle, un vélo. Attends, tu permets ?

Dans la fraîcheur matinale, il ôta son maillot. Son torse maigre, où saillaient les côtes, était cerné d'une ceinture noire qu'il décrocha.

– Qu'est-ce que c'est ?
– Un cardiofréquencemètre. Voyons...
Il consulta le second compteur accroché au guidon.
– J'ai atteint 184. Mais je suis déjà redescendu à 112, c'est bon signe.
Logicielle n'y comprenait rien. En revanche, elle nota :
– Max... tu as terriblement maigri !
– Non, j'ai retrouvé mon poids idéal. Soixante-trois kilos. Et je dois en perdre encore un ou deux avant la mi-juin.
– En perdre encore ? Mais c'est de la folie !
– Dans un mois, je participe au critérium de Vézelay. Il y a une côte à 8 %. Je suis très bon en plat, mais dans les côtes je risque de décrocher du peloton. À cause du surpoids, tu comprends ?
Tout en parlant, Max avait ouvert le coffre du vieux break inutilisable de la brigade. Il y saisit ses vêtements civils, y déposa son casque de plastique léger et sa tenue de cycliste. Après s'être habillé, il démonta la roue avant de son vélo et la mit avec précaution par-dessus ses vêtements.
Logicielle le saisit par l'épaule, presque tendrement.
– Max, explique-moi. Pourquoi cette passion soudaine ? C'est un ami qui t'a entraîné ?
– Un ami ?
Il adressa à sa collègue un sourire à la fois rogue et triste.

– Tu veux connaître le coupable ? Eh bien c'est toi, Logicielle.

– Moi ?

Cette fois, elle n'y comprenait plus rien.

– Moi ? répéta-t-elle. Je t'ai suggéré de te lancer dans le cyclisme ?

– Le mois dernier, tu m'as reproché d'être un peu enveloppé.

Cette fois, elle se souvint ! C'était dans leur petit restaurant préféré, *Le Fleuve Rouge*. Ils s'étaient offert un repas royal, le spécial menu vapeur avec, en dessert, une orgie de beignets de banane. Elle avait déploré leur gourmandise et… oui, elle s'en rappelait à présent.

– Je n'ai jamais rien dit de tel, Max ! se défendit-elle, rassurée d'avoir enfin la clé du mystère. J'ai dû te dire quelque chose comme : « À ce régime-là, nous allons finir par nous empâter et par ressembler à mon vieil ami Germain ! Surtout que circuler sans cesse à moto ne nous incite pas à faire beaucoup d'exercice. »

– Pas du tout. Tu m'as accusé d'avoir grossi. Et tu as déploré que je n'aie pas l'allure sportive de Brad Pitt.

Elle se frappa le front. Elle se souvenait ! Juste après ce repas mémorable, ils étaient allés au cinéma. Ils avaient vu un péplum où l'acteur principal était à la fois mince et musclé. Qu'avait-elle dit à ce propos qui avait tant frappé Max ? Elle risqua :

– C'était Brad Pitt ? Tu es sûr ?

– Évidemment. Dans le film *Troie*. Ne joue pas les innocentes.

– C'est donc ça ! murmura-t-elle. C'est ce que je t'ai dit au restaurant et au cinéma ! Et tu as pris ça pour argent comptant ! Tu as décidé... de maigrir et de faire du sport ? Ne me dis pas que tu voudrais...

Elle s'arrêta, consciente qu'elle allait proférer une ânerie qui risquait d'envenimer la situation. Car si Max s'était mis en tête de ressembler à Brad Pitt ou d'approcher les performances de Lance Armstrong, il n'était pas au bout de ses peines.

– Max ! s'exclama-t-elle en essayant de le prendre dans ses bras. C'est un énorme malentendu !

Jamais le terme ne lui avait paru plus juste : *mal entendu*. La voix bourrue de Delumeau les fit soudain sursauter.

– Je ne vous dérange pas, vous deux ?

Elle se retourna et expliqua :

– J'attendais Max, patron ! Je pensais qu'il viendrait à moto et que nous irions ensemble boulevard Ornano. Vous savez, pour l'affaire Gata ?

– Je sais surtout que l'assassin court toujours.

– Nous vous présenterons le coupable menotté avant midi, patron ! promit Max.

Delumeau, qui comprenait mal la plaisanterie, préféra hausser les épaules et rentrer dans le commissariat.

– Avec ça, dit Logicielle à Max en ouvrant les portes de sa Twingo, nous allons devoir rejoindre la tour Pleyel en voiture.

Tandis qu'ils avançaient au pas dans les embouteillages matinaux, elle tenta d'amadouer son passager :

– Max, je te jure que tu as mal interprété ce que j'ai dit.

– Oh, je t'assure que j'ai très bien compris !

Elle était épouvantée par le glissement des mots. La veille au matin, le commissaire avait, de la même façon, transformé ses paroles en fonction de ses désirs ou intérêts du moment.

– Nous retournons chez Big Bug ou à la BEE ? dit Max qui voulait changer le sujet de la conversation.

– Chez Gata. J'aimerais me livrer à un petit interrogatoire.

Quand ils parvinrent devant l'immeuble de l'informaticien, il n'était pas loin de 10 heures. Hélas, le long du boulevard Ornano, il n'y avait plus une seule place libre.

– Il y a le parking de la tour ? suggéra Max.

– Oui. Sauf qu'il affiche complet.

Elle se risqua cependant jusqu'au niveau moins un, où le gardien, la reconnaissant, sortit aussitôt de son abri.

– Mademoiselle ! C'est extraordinaire que vous arriviez maintenant ! J'essaie de vous joindre depuis 8 heures du matin.

– Et moi, j'essaie de stationner.

– Aucun problème, je vous ouvre, garez-vous après la barrière.

Dès qu'ils furent sortis du véhicule, il annonça d'une voix triomphale :

– Quand j'ai relayé mon collègue, ce matin à l'aube, je lui ai parlé de votre véhicule... vous savez, la Coccinelle jaune ? Eh bien c'est un miracle, mais il se souvient l'avoir vue quitter le parking, dans la nuit de mercredi à jeudi ! Vers 2 heures, il en est certain.

– Parfait. Vous le remercierez, c'est un renseignement très précieux.

– En revanche, il a été incapable de me dire à quoi ressemblait celui qui était au volant. Vous voulez l'appeler pour en apprendre davantage ?

À présent, le gardien était intarissable. Il désirait des détails, savoir si le véhicule avait été volé, qui était son propriétaire... elle éluda ses questions.

Ils traversèrent le boulevard et parvinrent devant le 22 au moment où le facteur quittait l'immeuble.

Elle se précipita et arriva à temps, la porte allait se refermer.

– Tu vois que ce n'est pas compliqué d'entrer ! dit Max.

Elle jeta un coup d'œil dans la boîte aux lettres de Gata, elle était vide. Puis ils montèrent l'escalier. En arrivant sur le palier du quatrième, ils entendirent les pleurs d'un bébé.

– C'est Thomas ! affirma Max. Il est toujours grognon avant sa petite sieste du matin.

Au cinquième, la porte de l'appartement central avait été barrée par des bandes de plastique rouge et blanc.

– Tu ne t'arrêtes pas ? s'étonna-t-il.

– Non. C'est au sixième que j'aimerais aller.

Pourtant, elle fit halte au milieu de l'escalier. Se retournant, elle désigna la porte de Guy Gata et murmura :

– Cinq ou six mètres... L'assassin se trouvait donc là où nous sommes.

Elle chercha des yeux l'ampoule électrique qui, à 8 heures du soir, devait éclairer la cage d'escalier. Puis elle tendit la main et, l'index en avant, pointa une arme imaginaire.

– Oui, murmura-t-elle, ça s'est passé comme ça. Viens, on monte.

Parvenue au sixième, elle examina les portes des deux appartements inoccupés puis leva la tête vers le vasistas qui communiquait avec les toits ; il laissait passer un gros carré de soleil.

– Ce vasistas est inaccessible, assura Max. Il est situé à trois mètres cinquante de hauteur et fermé par un cadenas. L'échelle métallique qui permet d'y accéder a été reléguée à la cave, au mépris de tous les règlements de sécurité. Tu penses que l'assassin a pu venir par les toits ?

– Non. D'ailleurs il y a tant de crasse que si quelqu'un était récemment passé par là, il aurait laissé des traces. Non, Max, c'est à Mme Châtain que je veux rendre visite.

Elle sonna et frappa fort.

– J'arrive ! lança quelqu'un derrière la porte qui mit une minute à s'ouvrir.

En dépit de son patronyme, Mme Châtain avait les cheveux blancs. Elle semblait porter, au sens propre, le poids des ans. Son visage rose et joufflu s'éclaira d'un magnifique sourire quand elle aperçut Max.

– Je suis désolé de vous déranger à nouveau, dit-il. Ma collègue aimerait vous interroger à son tour.

– Entrez, mais entrez donc, s'exclama la vieille dame en reculant avec difficulté. Allez vous asseoir là-bas, dans la salle de séjour. Vous boirez bien quelque chose ? Il doit me rester du café.

– Laissez-moi faire, s'interposa Max en se précipitant vers la cuisine. Je sais où se trouvent les tasses et le sucre.

La propriétaire semblait ravie de cette nouvelle visite. Logicielle prit place sur le canapé, admirant qu'un appartement si exigu fût coquet et si bien rangé. Elle jugea plus courtois de boire une ou deux gorgées de café avant d'attaquer.

– Madame Châtain, je suppose que vous avez une aide-ménagère ?

– Oui, elle vient trois fois par semaine. Le lundi, le mercredi et le vendredi matin. Pour passer l'aspirateur et rapporter mes courses.

– Avant-hier mercredi, à quelle heure est-elle partie ?

– Vers 11 heures et demie.

– Et en début d'après-midi, vers 15 heures, vous avez reçu la visite de votre petite-fille, n'est-ce pas ?

– Amélie ? Oui, bien sûr, je l'ai déjà dit à votre adjoint. Elle est étudiante et passe parfois me voir le mercredi. Elle me tient compagnie une demi-heure, avant de se rendre à Villetaneuse, à son cours de linguistique.

– Bon sang ! grommela Max qui venait de comprendre. Tu penses, Logicielle, que la petite-fille de Mme Châtain…

– Oui Max. Il y a une chance pour qu'elle ait vu l'assassin.

10

– Pourtant, nota Max, le meurtre a eu lieu beaucoup plus tard !

– Oui. À 20 heures. L'assassin n'a pas pris le risque de s'introduire ici le soir, où on aurait pu le croiser ! À sa place, je serais entré… à une période creuse. Pour me poster au sixième.

– Bon sang !

– Madame Châtain, avez-vous le numéro du portable d'Amélie ? demanda Logicielle.

La vieille dame n'avait rien perdu du dialogue entre les deux policiers. À présent, elle tremblait, prise d'une vaine peur rétrospective.

– Bien sûr, bredouilla-t-elle enfin. Je le connais par cœur ! Mon Dieu, alors vous pensez que ma petite-fille aurait pu croiser l'assassin de M. Gata ? Mais elle ne m'a parlé de rien !

Logicielle composait le numéro d'Amélie sur son portable quand la vieille dame l'arrêta.

– À cette heure-ci, elle ne vous répondra pas, elle a cours.

Après avoir examiné la photocopie accrochée près du téléphone, elle précisa :

– Elle est en latin, salle 228. Mais entre 11 heures et 11 heures et demie, vous devriez la trouver à la cafétéria, c'est là qu'elle se rend d'ordinaire avant son cours de littérature comparée. Dites-moi, mademoiselle, Amélie ne risque rien, au moins ?

– Non, rassurez-vous.

Logicielle jeta un coup d'œil sur sa montre. Il était 11 heures moins 5. Elle se leva et acheva son café d'un trait.

– Nous allons passer la voir, décida-t-elle.

– Vous partez déjà ? Vous ne voulez pas…

Mme Châtain tendait la main vers une boîte de biscuits.

– Vous avez été très aimable, dit Logicielle. Comment pourrons-nous reconnaître Amélie ?

– Elle a les cheveux teints en rouge et d'habitude elle porte un blouson violet.

– Merci, madame Châtain. Il se peut que nous repassions vous voir demain.

– Ne vous dérangez pas, dit Max, nous connaissons le chemin.

Il referma la porte derrière eux avec soin. Ils rejoignirent le boulevard en courant et gagnèrent le niveau moins un du parking de la tour Pleyel. En montant dans sa Twingo, Logicielle adressa un signe au gardien.

– Je vous ouvre ! leur lança-t-il.

– Si tu étais venu à moto, reprocha-t-elle à Max qui prenait place sur le siège du passager, nous irions sûrement plus vite !

Par chance, à cette heure, la circulation était fluide. Il leur fallut moins de dix minutes pour parvenir sur l'immense parking de l'université.

Dans la cafétéria, ils trouvèrent, dispersés autour de petites tables, une vingtaine d'étudiants ; ils repérèrent aussitôt le blouson violet. Il était posé sur le siège d'une chaise où était assise une jeune fille, seule, penchée sur un livre.

– Amélie ? fit Logicielle en s'asseyant en face d'elle. Pardonnez-moi de vous déranger. Votre grand-mère nous a dit que nous vous trouverions ici. Voilà, ajouta-t-elle en désignant Max, nous sommes lieutenants de police et…

L'étudiante blêmit. Avec ses cheveux hérissés et son tee-shirt qui affichait un hideux Hulk verdâtre, elle n'avait pourtant pas l'air impressionnable.

– Ma grand-mère ? Que lui est-il arrivé ?

– Rien du tout ! la rassura Max en lui saisissant la main. Elle se porte comme un charme.

– Nous avons une ou deux questions à vous poser à propos de…

– L'assassinat du voisin du dessous ? compléta Amélie en se tournant vers Max.

– Vous êtes au courant ?

– Mamie m'en a parlé hier, au téléphone.

L'étudiante était soudain soulagée. Elle referma son livre.

– Vous avez un moment à nous consacrer ? demanda Logicielle. C'est très gentil. Nous pouvons vous offrir quelque chose ?

– Ma foi... pourquoi pas un chocolat ?

Logicielle alla chercher les boissons au comptoir pendant que Max s'installait face à l'étudiante. Quand elle revint s'asseoir auprès d'eux, elle eut presque l'impression de les déranger.

– Alors c'est vous qui enquêtez ? disait Amélie en dévorant Max des yeux. C'est passionnant ! Et vous faites ce métier depuis longtemps ?

– Mademoiselle, reprit-elle sèchement, avant-hier vous êtes arrivée au 22 boulevard Ornano à 15 heures.

– Oui. À dix minutes près.

– Vous souvenez-vous avoir rencontré quelqu'un, dans le vestibule ou dans l'escalier ?

Elle réfléchit et se tourna vers Max, comme pour quêter un accord de sa part.

– C'est très important, appuya-t-il en joignant les deux mains dans un geste de prière saugrenu.

– Attendez. Oui, j'ai croisé une... non, deux personnes !

Elle s'adressait à Max mais c'est Logicielle qui reprit :

– Pourriez-vous être plus précise ?

– Quand je suis montée au sixième, j'ai remarqué un homme qui stationnait sur un palier. Il rentrait chez lui. Ou il en sortait.

– À quel étage ?

L'étudiante pivota vers Max et marqua un temps en affichant un joli sourire songeur. Logicielle l'aurait giflée.

– Difficile de me souvenir. Au quatrième ? Au cinquième ? C'était la porte face, cela, je m'en souviens.

– Il n'y a que Mme Gouichoux au quatrième porte face, nota aussitôt Max en consultant son cahier, et elle n'a reçu personne. Ce ne pouvait pas être non plus Big Bug puisque son badge indique qu'il est revenu à la BEE à 13 h 40 et en est reparti à 20 h 03.

Amélie fixait Max d'un regard que Logicielle jugea au mieux langoureux, au pire indécent. Aucun doute, le courant passait entre eux.

– L'homme avait sonné ou frappé ? demanda-t-elle en saisissant la main de l'étudiante, la forçant à la regarder. Était-ce un visiteur qui attendait qu'on lui ouvre ?

– Ça, je n'en sais rien ! protesta Amélie comme si on lui posait une question stupide.

– Essayez de vous souvenir. Que faisait-il quand vous êtes passée près de lui ?

– Je n'en sais rien, je vous dis ! Il n'a pas tourné la tête ! Et moi, je suis passée sans le regarder. Vous auriez fait autre chose, vous ?

– Et la deuxième personne ?

Elle parut consulter Max, qui lui rappela :

– Vous avez évoqué deux individus !

– L'autre, je l'ai croisé quand je suis repartie.

– Donc vers 3 heures et demie ? insista Logicielle.

– Oui. En arrivant au rez-de-chaussée, j'ai salué un homme qui prenait son courrier dans sa boîte aux lettres.

– Quelle boîte ?

L'étudiante haussa les épaules, prit à nouveau Max à témoin puis se retourna vers Logicielle pour lui répondre avec un dédain mal réprimé :

– Comment voulez-vous que je le sache ? L'homme avait le dos tourné et il m'a à peine répondu.

– Alors pourquoi l'avez-vous salué ?

– Parce que c'était sans doute un locataire de l'immeuble !

– Ce type, Max, qui était-ce ? demanda Logicielle.

– Personne ne m'en a parlé, affirma-t-il en désignant son cahier ouvert.

– Et l'autre individu ?

– Inconnu au bataillon lui aussi, dit Max.
– Poursuivez, Amélie, reprit Logicielle. Cet homme que vous avez croisé dans le vestibule vous a donc à peine répondu ?
L'étudiante avait fini par comprendre que c'était Logicielle qui menait l'interrogatoire.
– Non, il a dû grommeler quelque chose sans se retourner.
– Vous le connaissiez ?
– Mais non, je ne l'avais jamais vu !
– Vous avez dit qu'il s'agissait d'un locataire.
L'étudiante voulut quêter un appui auprès de Max, qui détourna les yeux. Démunie, elle réfléchit et avoua :
– J'ai supposé que c'était quelqu'un de l'immeuble puisqu'il avait ouvert sa boîte aux lettres.
– Vous pourriez me le décrire ?
Cette fois, la jeune fille perdit pied. Elle hésitait à achever son chocolat, bredouilla :
– Vous… vous pensez que ce deuxième homme était l'assassin ?
– Essayez de vous souvenir, Amélie, s'il vous plaît, insista Max. Était-il jeune ou vieux ? Plutôt grand ou petit ?
– Ni l'un ni l'autre. En réalité, je ne me le rappelle pas. La seule chose qui m'a frappée, ajouta-t-elle, c'est la tache de vin qu'il avait sur le cou.

– Une tache de vin ?

Logicielle réprima un soupir d'aise. Enfin, un indice, un vrai !

– Oui, ici, dit Amélie en portant son index sous sa mâchoire droite. Non, de l'autre côté, je me souviens ! Elle était large comme la main et remontait jusqu'à l'oreille. Oui, le lobe de son oreille gauche était rouge lui aussi.

– Aucun des habitants de l'immeuble que j'ai rencontrés n'a de tache de vin, confirma Max sans consulter son cahier. Et personne n'est entré ou sorti à cette heure-là.

– C'était donc l'assassin ? s'exclama Amélie très excitée. Vraiment, vous croyez que c'était lui ?

Max lui faisait signe de se calmer quand le portable de Logicielle sonna. Elle se leva et s'écarta pour répondre.

– Oui, c'est bien moi... Qui ?

– Sandrine Gata, répéta une voix fraîche. Je vous attends au terminal E depuis 11 heures moins le quart. Notre rendez-vous tient toujours ? Êtes-vous arrivée à Roissy ?

– Mademoiselle Gata !

Logicielle l'avait complètement oubliée.

– Je suis vraiment navrée, nous avons été retenus à Paris. Plus exactement à Saint-Denis. Il faudrait... voyons, comment faire ?

– Ce n'est pas grave, mon véhicule est garé sur le parking de l'aéroport. Je peux venir jusqu'au commissariat, si vous voulez ?

– Oui... non, attendez.

Logicielle consulta sa montre – il était 11 h 20.

– Ou vous retrouver dans le studio de mon oncle ? suggéra encore l'hôtesse.

Logicielle faillit approuver mais se ravisa. La nièce de la victime ignorait qu'il s'agissait d'un assassinat. Le lui révéler sur les lieux du crime était délicat. Elle préféra proposer :

– Si vous veniez à Saint-Denis, nous pourrions déjeuner ensemble ? Connaissez-vous un petit restaurant, pas trop loin de la tour Pleyel ?

– Un seul. *Chez Babar*. Mon oncle m'y a emmenée dîner une ou deux fois. Mais c'est un établissement très modeste.

– Mon collègue et moi y serons dès midi.

– Midi ? Je ferai ce que je pourrai.

– Nous vous y attendrons. Merci, mademoiselle Gata, et encore mes excuses pour ce rendez-vous raté.

Quand Logicielle rejoignit l'étudiante et Max, ils devisaient gentiment devant deux nouvelles tasses fumantes.

– Je ne vous dérange pas ? lança-t-elle avec une ironie acerbe.

– J'ai commandé deux cafés crème, bredouilla Max, je ne savais pas ce que tu voulais boire.

– Rien. D'ailleurs nous devons partir. D'autant que nous faisons rater à notre précieux témoin son cours de littérature comparée.

Amélie eut un geste évasif. Comparées à son cours, l'enquête et la compagnie de Max lui semblaient mille fois plus passionnantes.

– Mademoiselle, une dernière question. L'homme que vous avez rencontré sur le palier du cinquième étage était-il le même que celui qui ouvrait sa boîte aux lettres ?

– Bien sûr que non ! Le premier rentrait chez lui alors que le second...

– Réfléchissez. Pouvez-vous affirmer qu'il s'agissait de deux individus différents ?

– Non, admit-elle après un temps. Tous deux portaient, je crois, un imperméable. Ah, si j'avais su...

– Une dernière chose. Quand vous êtes sortie de l'immeuble ce 11 mai à 15 h 30, n'avez-vous rien remarqué d'insolite ?

– Il y avait eu un accrochage sur le boulevard. C'est ça dont vous voulez parler ?

– Bien sûr ! s'écria Max. Le motard fauché par un camion. J'y étais !

– Mais quel rapport cela a-t-il avec le meurtre ? demanda Amélie.

Logicielle se leva et prit l'étudiante par l'épaule dans un geste plus autoritaire que familier.

– Mademoiselle, vous devrez passer ce soir au commissariat de Saint-Denis et y signer une déposition.

– C'est indispensable ?

– Oui. Mon collègue se fera un plaisir de l'enregistrer, ajouta-t-elle en entraînant son adjoint.

– Qu'est-ce qui te prend ? lui jeta-t-il quand ils eurent quitté Amélie.

– Rien. Moi, j'enquête. Mais si tu veux que je te laisse en compagnie de ton nouveau flirt, il suffit que tu me le dises.

– Un flirt ? Qu'est-ce que tu vas inventer ?

– Ne joue pas au plus fin, Max. Elle te draguait sans détour. Et tu n'y étais pas insensible.

– Est-ce ma faute si cette fille était agitée comme une puce parce que tu lui as fait croire qu'elle a croisé le meurtrier ?

– À mon avis, le flic l'excitait plus que l'assassin.

– Ma parole… mais tu es jalouse ?

– Sensible au ridicule, en tout cas.

Parvenue devant sa Twingo, Logicielle ouvrit sa porte et lança :

– Tu m'accompagnes ou tu te réinscris à la fac ?

– Tu délires ! fit-il en montant dans le véhicule. Et maintenant, nous rentrons à la brigade ou nous retournons chez Gata ?

– Nous allons manger, Max. Manger ! Voilà des semaines que je meurs d'envie de faire un vrai repas.

– Manger ? Et où ça ?

– Je ne recule devant aucun sacrifice. Je t'invite chez Babar.

11

Sandrine Gata avait jugé l'établissement modeste mais l'adjectif était encore trop élogieux. Coincé entre un magasin de fripes et un immeuble en ruine visiblement squatté, *Chez Babar*, à trois cents mètres de la tour Pleyel, était identifiable grâce à l'éléphant qui lui servait d'enseigne. À l'entrée, mal scotché sur une vitre noire de crasse, un menu bon marché précisait que le repas du jour n'était valable qu'à midi et que, le soir, on ne servait plus après 22 heures.

Dès qu'ils furent entrés, le patron, qui dissimulait sa bedaine imposante derrière un tablier d'un blanc douteux, les installa au fond de la salle, entre le comptoir et les WC.

– Peut-être accepteras-tu enfin de m'expliquer qui était cet inconnu du vestibule ? dit Max en s'asseyant. Et celui du palier ?

– Le même individu, Max. L'assassin. Tu n'as pas compris ?

– Tu veux dire qu'il était déjà là à trois heures de l'après-midi ?

– Oui. Pour entrer, il a attendu le départ de l'aide-ménagère de Mme Châtain, à midi. Peut-être même celui de Gata, à 2 heures moins 20.

– C'est de la folie ! Pourquoi n'a-t-il pas attendu le retour de Gata, le soir, pour le suivre, monter derrière lui et l'assassiner ?

– À 8 heures du soir ? Trop de monde ! expliqua Logicielle en désignant le boulevard. Il aurait risqué de rencontrer l'un des locataires qui rentrait dans l'immeuble ou en ressortait pour aller acheter du pain ou des fruits chez l'épicier voisin. Il est entré à une heure creuse, certain de ne croiser personne dans l'escalier.

– Il est monté au sixième ? Et... il a attendu ?

– Pardi ! Il croyait être tranquille tout l'après-midi. Son programme était bien établi. Mais un bug s'y est glissé...

– Amélie ! s'écria Max. L'assassin ignorait qu'Amélie rend visite à sa grand-mère le mercredi !

Peu à peu, le restaurant s'était rempli. Les clients étaient surtout des habitués et les ouvriers des chantiers voisins. Les murs, fraîchement repeints, représentaient quelques scènes des albums *Babar* de Jean de Brunhoff. Mais Logicielle reconnaissait mal l'éléphant d'origine dans ces reproductions grotesques et maladroites. Quand les clients hélèrent le patron : « Il arrive, notre apéro, Babar ? », elle s'aperçut que ce sobriquet convenait mieux à l'homme qui déambulait parmi les tables qu'aux médiocres reproductions des murs.

– L'assassin arrive donc avant 15 heures, reprit Max. L'immeuble est tranquille et désert. Il monte… au sixième étage ?

– Évidemment ! Il s'est renseigné, il sait qu'existent là-haut deux appartements inoccupés et que, dans le dernier, vit une vieille dame qui ne sort pas de chez elle. Je suppose qu'il a apporté un livre ou deux pour tuer le temps… en attendant de tuer Gata.

– À 15 heures, quand il entend la porte du vestibule s'ouvrir, il s'inquiète.

– Non, car jusqu'à 20 heures, elle s'ouvrira trente fois, affirma Logicielle. Il est serein, personne n'ira jamais jusqu'au sixième. Du moins c'est ce qu'il croit. Quand il entend Amélie emprunter l'escalier qui mène au cinquième, il comprend alors son erreur : ce visiteur inattendu se rend peut-être chez Mme Châtain. S'il est surpris sur le palier du sixième, comment justifiera-t-il sa présence ?

– Alors il descend jusqu'au cinquième ? demanda Max.

– Oui. Et il fait semblant de sortir de chez lui… ou de rentrer. Au besoin, il sonne chez Gata, sachant que personne ne lui ouvrira ! Surtout, il veille à garder le dos tourné. Amélie n'a aucune raison de se méfier, elle passe derrière l'inconnu et monte. Sans le saluer.

– Notre homme l'a échappé belle ! conclut Max.

– Pas du tout. Cette jeune fille va sûrement repartir. S'il reste dans l'immeuble, elle le croisera à nouveau dans l'escalier. C'est ça, le gros bug de son programme. Redescendre et attendre qu'elle sorte ? Très risqué. Car l'inconnue pourrait tout aussi bien rester dîner chez Mme Châtain !

Le patron du restaurant s'approcha de leur table pour prendre la commande.

– Nous attendons une autre personne, dit Logicielle en désignant la place vide à côté d'elle. Il est midi 20, elle ne devrait plus tarder.

– Ça m'arrange ! grogna le patron d'une voix grasse. Aujourd'hui, je suis débordé. Je suis seul à servir et je n'ai plus qu'un aide en cuisine.

Aux quatre hommes de la table voisine, qui réclamaient du porc chop suey, le dénommé Babar répliqua :

– Il n'y a plus de plats asiatiques !

– À mon avis, reprit Logicielle à voix basse, l'assassin remonte au sixième et écoute à la porte. Il comprend qu'Amélie va bientôt repartir. Mais il hésite à redescendre. Il a beau savoir que l'immeuble est calme à cette heure, il redoute de rencontrer quelqu'un. Je suppose qu'il attend, l'oreille collée contre la porte. Au moment où il entend la jeune fille prendre congé de sa grand-mère, il descend et s'apprête à quitter l'immeuble. Il profitera qu'Amélie sorte pour rentrer juste avant que la porte ne se referme. Ni vu ni connu.

– Pourquoi ne le fait-il pas ?

– Parce qu'en ouvrant la porte du vestibule, il aperçoit sur le trottoir, à trois mètres de lui, les pompiers et surtout la police qui prend des photos de l'accident survenu sur le boulevard !

– Quand je pense que j'étais là ! coupa Max. À quelques mètres ! Et... si nous l'avions pris en photo, en arrière-plan ?

– Il ne court pas le risque de sortir, Max ! Il ne veut pas figurer sur une photo de la police prise cinq heures avant son crime ! Non, il préfère rester à l'intérieur. Et quand Amélie arrive, il fait semblant d'ouvrir sa boîte aux lettres. Encore une bonne façon de garder le dos tourné. Il est pourtant contraint de répondre à l'étudiante qui le salue dans le vestibule. Il affiche une attitude si naturelle et banale qu'il est sûr d'être passé inaperçu.

– Et il remonte au sixième ! ajouta Max. À présent, il est tranquille.

– Eh oui. Certes, à partir de 16 h 30, il y a pas mal d'allées et venues dans l'immeuble, mais toujours dans les étages inférieurs. Il reste tapi là-haut jusqu'à l'arrivée, à 20 heures, de Guy Gata qui ne se doute de rien.

– Le reste, dit Max, nous l'avons déjà reconstitué en détail. Une fois entré chez sa victime, il a largement le temps de fouiller l'appartement et de dérober les documents susceptibles d'orienter les enquêteurs sur son identité. Il emporte le disque dur et les copies sur CD. Pour quitter l'immeuble et fuir avec le véhicule de la victime, dont il possède maintenant les clés, il attend 2 heures du matin, il est sûr de ne plus croiser personne dans les escaliers !

Logicielle fit non de la tête.

– L'assassin ne fuit pas, Max, puisqu'il revient le lendemain à 8 heures moins 5 à la BEE. Eh oui, il veut vider les ordinateurs de l'entreprise car ils contiennent des éléments susceptibles de nous mettre sur sa piste.

– La zone d'ombre, ce sont ses allées et venues à 2 heures du matin, non ?

– Oui. Pourquoi, à ce moment-là, a-t-il été chercher la Coccinelle dans le parking puisqu'il est revenu tour Pleyel à l'aube ?

À cet instant, la porte du restaurant s'ouvrit et une jeune femme entra. Elle portait un tailleur gris élégant et avait, malgré un savant et discret maquillage, le visage défait et crispé. Elle se dirigea aussitôt vers Logicielle qui se leva et lui tendit la main.

– Mademoiselle Gata ?

– Oui. Je suis navrée pour mon retard, il est 1 heure moins le quart !

– C'est sans importance. Asseyez-vous.

Logicielle fit signe au patron qu'il pouvait les servir. La nièce de l'informaticien était élégante et d'une beauté classique.

– Dites-moi tout, je vous en prie ! supplia-t-elle en prenant le couple à témoin. Qu'est-il arrivé à mon oncle ? Comment est-il mort ?

– Il a été assassiné, mademoiselle, révéla Logicielle à voix basse en la fixant.

Max, lui aussi, l'observait attentivement. Mais pour d'autres raisons. Il semblait fasciné par le visage de cette jeune femme, qu'il détaillait goulûment. Sandrine Gata écarquilla les yeux. Elle respira très fort, serra les poings et déclara :

– Assassiné ? Assassiné, oh mon Dieu…

Elle réprima un sanglot, sortit un mouchoir de son sac, bredouilla :

– Excusez-moi, c'est si brutal, si inattendu.

– Je suis désolée, Sandrine.

– J'aimais beaucoup mon oncle. Après la mort de mon père, il m'a soutenue, accueillie, consolée. Depuis quelques années nous nous voyions moins mais je n'ai jamais oublié ce qu'il a fait pour moi.

Elle raffermit sa voix et reprit :

– Quand cela s'est-il produit ? Qui a pu faire une chose pareille ?

Logicielle résuma les faits : la découverte du corps, le manque d'indices, l'enquête auprès de la BEE... De temps en temps, elle regardait Max qui, la bouche entrouverte, plongé dans une admiration rêveuse, ne quittait pas des yeux le visage de son vis-à-vis. Il n'avait pas touché à son assiette.

La jeune femme avait négligé la charcuterie pour grignoter trois ronds de tomate. Elle avait entrepris de triturer l'une de ses mèches de cheveux blonds. Un tic qui agaçait d'autant plus Logicielle que son adjoint, à voir sa mine béate, jugeait ce geste ravissant.

– Savez-vous qui votre oncle fréquentait, Sandrine ? demanda-t-elle en essayant de retrouver son calme. Quels étaient ses amis, ses correspondants ? Nous n'avons retrouvé chez lui aucun carnet d'adresses.

– Mon oncle était un misanthrope et un célibataire endurci, révéla-t-elle avec un regard lointain. Je ne lui connaissais pas d'amis. Il s'occupait d'œuvres de bienfaisance. Je sais qu'il ne fréquentait pas ses collègues de la BEE. Ah, il avait un ami d'enfance à Rouffiac, Paul Rozière.

– Paul Rozière ?

– Le maire du village. C'est un passionné d'astronomie, comme lui.

À l'évocation de ces souvenirs, son visage redevenait plus serein.

– Les économies de mon oncle sont passées dans l'achat d'un véritable observatoire ! Il possède, en Charentes, appareils photos, lunettes astronomiques, télescopes...

Pour illustrer ses paroles, elle fit virevolter dix fois sa mèche préférée, la transformant en tire-bouchon.

– Savez-vous qu'il a aidé à la résolution du théorème de Fermat ? coupa Logicielle.

– Oui. Il m'en a parlé quand j'étais adolescente. Il en était très fier.

– À propos, connaissez-vous cette écriture ?

Logicielle lui montra le calepin couvert de chiffres.

– Non. Ce n'est pas la sienne. Ni la mienne.

– Oui, nous l'avons déjà constaté.

– C'est la première fois que je vois ce genre de hiéroglyphes ! Vous êtes sûre que ce sont des chiffres ?... Ah oui, en effet.

– Vous savez également que votre oncle avait participé aux recherches du projet... ah, quel est son nom ?

À l'aide de son couteau, elle fit tinter son verre. Max sursauta et parut sortir d'un rêve.

– Le nom du projet ? balbutia-t-il. Le projet SETI ?

Sandrine Gata fronça les sourcils et s'écria :

– Ah oui, les signaux extraterrestres ! Il rêvait d'être celui qui détecterait le premier un message venu d'ailleurs. Mais personne n'a jamais rien découvert, n'est-ce pas ? Avez-vous vu le film *Contact* ?

– Oui ! lança Max avec enthousiasme. Un petit chef-d'œuvre. J'adore ce que fait Jodie Foster.

– Vous aussi ? répondit-elle en lui souriant.

Logicielle réprima un mouvement d'humeur. Décidément, son adjoint ne lui facilitait pas la tâche. À son tour, elle détailla le visage de Sandrine pour tenter de comprendre ce qui fascinait Max. Bon, cette fille était jolie, mais sans originalité. Et le maquillage y était pour beaucoup.

Au bout d'un moment, elle s'aperçut que Max et l'hôtesse étaient plongés dans une discussion dont le thème semblait être cinéma et science-fiction. Le patron leur apporta des assiettes où une montagne de frites recouvrait deux côtelettes d'agneau. Logicielle fut la seule à attaquer son plat. Le crâne lisse et blanc de Max paraissait accaparer les regards de la nouvelle venue. Logicielle les interrompit en leur souhaitant sèchement bon appétit. Ils ne lui prêtèrent aucune attention.

– La dernière fois que je suis venue ici, disait Sandrine à Max, il y a deux ans, c'était un restaurant chinois. L'établissement a changé de propriétaire.

– Vous rendiez souvent visite à votre oncle ? demanda Logicielle.

– Deux ou trois fois par an. L'été, je venais passer une semaine avec lui, à Rouffiac. Mais je m'ennuyais très vite. Pendant l'année, je mène une vie si mouvementée...

Aucun doute. Si Logicielle posait les questions, c'était à Max que Sandrine répondait, en souriant et en triturant sa mèche. Horripilant ! Et Max ne faisait rien pour redresser la situation. Elle les interrompit sans ménagement.

– La vie de votre oncle, elle, n'était pas très mouvementée ?

– Oh, il se passionnait pour l'astronomie, l'informatique...

– Et aussi pour les grillons ?

Sandrine fronça les sourcils et fit répéter la question.

– Oui, les grillons, les insectes ! insista Logicielle en maîtrisant mal son impatience. Est-ce qu'il s'intéressait à eux ?

– Ma foi non. Qu'est-ce qui vous fait croire ça ?

– L'été dernier, par exemple, quand vous lui avez rendu visite, avez-vous remarqué s'il enregistrait le chant des grillons ?

– Non. D'ailleurs l'été dernier, je ne suis restée que trois jours. J'ai passé mes vacances avec mon ami, qui est irlandais. Oui, nous sommes partis un mois ensemble en Amérique du Sud.

Avec une joie perverse, Logicielle nota que la moue béate de Max se tordait de déception.

– Votre oncle, reprit-elle, avait-il une amie ? Qui fréquentait-il ? Je suis navrée d'être indiscrète mais cela peut faire avancer l'enquête.

– Il y a quinze ans, je sais qu'il a vécu deux ou trois ans avec une femme, ils se sont séparés d'un commun accord. Depuis, il a dû avoir des aventures. Mais il ne m'en parlait jamais.

– Connaissez-vous cette jeune fille ?

Elle sortit de son blouson la photo de la jeune Asiatique.

– Non, répondit Sandrine. Je ne l'ai jamais vue. Qui est-ce ?

– Elle s'appelle Tran. Votre oncle a-t-il prononcé ce nom devant vous ?

– Jamais, je m'en souviendrais. Les femmes, vous savez, c'est un sujet qu'il abordait rarement. Et je ne lui posais pas de questions.

– Votre ami habite en Irlande ? demanda Max.

– Oui. Nous nous sommes séparés le mois dernier.

– Ah, je suis désolé ! affirma Max d'un air ravi. Et cet été, où pensez-vous aller en vacances ?

Logicielle était prête à assumer sa jalousie et sa mauvaise foi, mais pas à supporter une telle provocation. Pour éviter un scandale, elle se leva et se dirigea vers les toilettes. Il n'était pas loin de 14 heures et la plupart des clients étaient sortis. À la table la plus proche, un petit homme replet semblait en conflit avec le patron.

– Puisque je vous dis qu'elle n'est plus là ! affirmait ce dernier à voix basse.

Quand Logicielle les frôla, Babar intima au client l'ordre de se taire. Elle s'enferma dans les WC dont la porte, vermoulue et mal jointe, laissait passer les bruits de la salle. À présent, client et patron chuchotaient. Une raison de plus pour qu'elle épie leur conversation.

– Vous avez vendu la petite à ce type, hein ?

– Bon sang, mais taisez-vous ! ordonnait Babar.

– Je me doutais que vous étiez en affaires avec lui.

Soudain, elle fut frappée par le vieux papier peint qui garnissait les murs. Ici, pas d'éléphants mais des dragons. Des nœuds de dragons effrayants qui ouvraient une gueule gigantesque. Après avoir racheté le fonds de cet ancien restaurant chinois, Babar n'avait pas jugé utile de changer le décor des WC.

À présent, son client et lui s'étaient éloignés de la porte, ils devisaient à voix si basse qu'elle n'entendait plus rien.

– Mon Dieu ! s'exclama-t-elle soudain. Mon Dieu...

En un dixième de seconde, le déclic se produisit, elle comprit.

La tête en feu, elle jaillit des toilettes comme une furie. Dans la salle, il ne restait plus, attablés, que Max et Sandrine qui devisaient en tête à tête devant deux assiettes où les frites achevaient de refroidir. Quant à Babar, il poussait sans ménagement vers la porte son interlocuteur qui l'abreuvait de reproches. Elle se précipita vers eux et saisit le patron à la gorge.

Pris de court, il n'eut pas un geste pour se défendre.

Elle hurla :

– Espèce de salaud !

12

La colère de Logicielle décuplait ses forces. Déséquilibré, Babar tomba en arrière sur l'une des tables. Max et Sandrine se levèrent, interdits. Ils ne comprenaient rien à ce qui se produisait. Quant au client mécontent, voyant que l'affaire tournait mal, il avait vite filé.

– Vous êtes folle ? gronda Babar en se redressant. Qu'est-ce qui vous prend ? Marek ! hurla-t-il. Marek !

Une seconde plus tard, un jeune homme maigre et boutonneux vêtu d'une toque blanche jaillissait des cuisines, un couteau dans une main et un rouleau à pâtisserie dans l'autre. Logicielle affermit sa pression sur le col de la chemise de Babar.

– Marek, appelle la police ! ordonna le patron en se redressant.

– Bonne idée ! rugit Logicielle. Mais c'est inutile. La police, c'est moi... c'est nous !

D'instinct, Max s'était rapproché. Il tira de sous son blouson son Zig Zauer et de l'autre main brandit sa carte professionnelle. Logicielle lâcha Babar et exécuta les mêmes gestes.

Le regard du patron, hagard, allait d'un revolver à l'autre.

– La police ? Mais... qu'est-ce que j'ai fait ? Qu'est-ce que vous voulez ?

Marek, l'apprenti cuisinier, avait dû juger que ses armes improvisées rivaliseraient mal avec celles des policiers. Il était parti se réfugier en cuisine.

– Ce que nous voulons ? Savoir ce qu'est devenue Tran ! Oui... Tran !

Logicielle brandit la photo de la jeune fille sous son nez. Cette fois, Babar n'en menait pas large. Son regard laissa percer une trouille monumentale.

– Attendez ! fit-il d'une voix apaisante. C'est un malentendu, je vais vous expliquer.

Sur la photo, qu'il fixait avec étonnement, se reconnaissait le papier peint aux dragons, en arrière-plan. Le patron se redressa et tenta de reprendre ses esprits.

– Il n'y a quand même pas de quoi me menacer de vos armes !

– Vous vous trompez, rétorqua Logicielle sans abaisser le canon du revolver. Guy Gata, à qui vous avez vendu Tran, a été tué avant-hier. Navrée de vous l'apprendre, monsieur Babar, mais vous êtes mêlé à un crime. Vous risquez d'être inculpé pour complicité de meurtre et peut-être pour assassinat.

– M. Gata ? Assassiné ?

Soudain, le patron parut prendre conscience du poids considérable de son corps. Il vacilla et tira une chaise vers lui pour s'y asseoir.

– Attendez… mais je n'y suis pour rien, moi ! Je n'ai tué personne !

– Il faudra nous le prouver.

– Et je n'ai rien vendu ! affirma-t-il en reprenant du poil de la bête.

Max lança à sa collègue un regard interrogateur et indécis. Elle y lut très clairement : bon, tu vois, je suis prêt à te soutenir, mais j'espère que tu es sûre de toi parce que nous frôlons la bavure…

– Cette fille vivait ici, admit le patron en désignant la photo, c'est vrai, mais elle est partie, c'est tout !

– Partie ? Allons donc ! Oui, elle est partie contre 8000 euros. Une somme que Gata vous a donnée ici même, lundi dernier, en liquide.

Au fur et à mesure qu'elle livrait ces informations, le patron semblait perdre de sa superbe. Il paraissait ébahi par l'abondance de détails. Du canon de son arme, Logicielle désigna l'étage supérieur.

– Nous avons des photos du réduit minable où vous séquestriez cette jeune fille. Il nous reste à découvrir les 8000 euros. À moins que vous ne les ayez déjà encaissés ?

À voir le visage décomposé du coupable, ce devait être le cas. Décidément, songea-t-elle, Babar avait multiplié les imprudences. Mais il était vrai que, sans ce meurtre, cette affaire serait passée inaperçue. Les épaules du patron s'affaissèrent. Il s'effondra sur la table où il s'appuyait et bégaya :

– Un meurtre ? C'est impossible ! Moi, je n'y suis pour rien !

– C'est le moment de tout nous dire, conseilla Logicielle d'une voix impérative. Nous en savons déjà beaucoup. Et si vous nous cachez quelque chose, le juge n'aura pas envie d'être indulgent. Depuis quand détenez-vous cette jeune clandestine ?

Babar hésita une seconde avant d'avouer d'une traite :

– Un peu moins de deux ans. Depuis que j'ai repris le restaurant. Cette gosse faisait partie des meubles ! se défendit-il d'une voix geignarde. Elle faisait la cuisine, la vaisselle...

– Et j'en passe ! ajouta Logicielle qui se retenait pour ne pas le frapper. Elle était sûrement mineure. Et sans papiers. Vous la faisiez travailler en pleine illégalité. Vous allez être condamné pour proxénétisme, monsieur Babar.

– Je vous jure que...

– Ne jurez pas. Quand nous interrogerons vos clients, ils seront plus bavards que vous !

À présent, le patron sanglotait, la tête entre les bras. Logicielle l'obligea à la regarder.

– Cette Tran, d'où vient-elle ? Dites-moi ce que vous en savez !

– Rien ! beugla l'autre avec une sincérité presque convaincante. Elle doit venir du Viêt-nam, de Chine, du Cambodge, qu'est-ce que j'en sais ? Elle ne disait jamais rien ! Parfois, elle se mettait à hurler sans raison. Ah, je me doutais que ça finirait par mal tourner, je ne savais pas comment m'en débarrasser. Alors quand Gata m'a proposé de la prendre en charge, je n'ai pas hésité. Surtout que ses intentions étaient honnêtes.

Dans la bouche de Babar, cet adjectif était presque incongru.

– Que voulez-vous dire ?

– Eh bien… cette fille, il voulait la protéger. Ce qui le fascinait chez elle, c'étaient ses capacités de calcul.

– Dc calcul ? Expliquez-vous.

– Eh bien, grommela Babar, si je confiais à Tran les factures de la journée, elle pouvait m'en livrer aussitôt le total. Parfois, les clients s'amusaient à lui confier des opérations. Elle les effectuait plus vite que n'importe quelle calculette !

Logicielle commençait à comprendre. Elle devinait aussi pourquoi Gata avait préféré verser cette somme plutôt que tenter de légaliser la situation de la clandestine. Une procédure longue, risquée et qui l'aurait privé de sa protégée. Logicielle soupira et conclut :

– Et vous avez vendu Tran à M. Gata lundi soir !

L'autre hocha piteusement la tête.

– Je rendrai les 8000 euros à la police ! promit-il.

– Et depuis, avez-vous revu Tran ?

– Non. Ni elle ni M. Gata, je le jure, madame l'inspectrice !

– Où étiez-vous avant-hier mercredi ?

– Ici, bien sûr ! répondit l'autre en reniflant. Après le déjeuner, j'ai fait la sieste. Après quoi Marek et moi nous nous sommes occupés du repas du soir. Nous avons fermé à 11 heures.

– Montrez-moi l'endroit où vivait Tran.

– Mais...

– Vite ! Sinon j'appelle la brigade et je vous embarque.

– Venez.

Babar traversa la cuisine où Marek malaxait de la pâte dans un coin. D'un geste, il fit signe au jeune homme que tout allait bien. À l'autre bout de la pièce, il emprunta un escalier étroit que Logicielle monta derrière lui. Ils parvinrent sur un palier obscur. Derrière une porte entrouverte, elle aperçut un lavabo, une douche et des WC. La pièce où Babar la fit entrer était un réduit aveugle de six ou sept mètres carrés, éclairé par une ampoule nue. Elle reconnut le grabat, le papier peint, et réprima une nausée. Revenue au rez-de-chaussée, elle saisit son portable, appela la brigade puis avertit Babar :

– Mes collègues vont venir vous faire signer une déposition. Vous serez convoqué à la brigade puis chez le juge. En attendant, je vous conseille de rester discret et à la disposition de la justice.

Elle désigna la cuisine et ajouta :

– J'espère que vous avez fourni un contrat de travail à votre cuisinier. Quant à vos locaux, mieux vaudrait les mettre aux normes sanitaires. Pour que je fasse boucler votre établissement, vous me laissez l'embarras du choix.

Quand ils se retrouvèrent tous trois sur le boulevard, elle se tourna vers Sandrine et Max et respira un grand coup.

– Ça sentait mauvais, là-dedans ! J'étouffais. Pas vous ?

– C'est stupéfiant ! murmura l'hôtesse en triturant l'une de ses mèches. Que l'esclavage existe ici, en France, à deux pas de chez nous !

– Ce genre de situation existe hélas partout, soupira Logicielle. On a trouvé de jeunes clandestines exploitées chez des hauts fonctionnaires.

– Quand je pense que c'est moi qui vous ai fixé rendez-vous ici ! reprit l'hôtesse, encore sous le choc. Si je m'étais douté...

– Sans le savoir, vous nous avez rendu un grand service.

– Et fait économiser 30 euros, ajouta Max.

Comme Logicielle ne comprenait pas, il expliqua :

– Eh oui, nous sommes partis sans payer !

13

Immobile, Sandrine explorait des yeux le moindre recoin du studio.

– Non, murmura-t-elle, chaque chose est à sa place, je ne remarque rien de particulier.

C'était elle qui avait tenu à venir. À présent, elle semblait le regretter. La moquette de l'entrée était encore tachée de sang et son regard ne pouvait s'empêcher d'y revenir sans cesse.

Logicielle désigna le bas du living où s'alignaient les revues.

– Vous saviez que votre oncle était abonné à *Nature & Environnement* ?

– Non. Mais j'ignorais tant de choses de sa vie ! Cette jeune Tran, par exemple...

– Ces revues, il ne vous les prêtait pas ?

Sandrine fit non de la tête et revint à la charge :

– Cette jeune fille, qui est-ce ?

– Nous avons appris son existence hier, avoua Max. En feuilletant les albums photos de votre oncle.

– Cette Tran aurait un rapport avec le meurtre de mon oncle ?

Max s'apprêtait à répondre quand un geste de sa collègue le figea.

– Pardonnez-moi, dit Sandrine en baissant la tête. Je ne veux pas m'immiscer dans votre enquête.

– Cette jeune fille n'a peut-être aucun lien avec l'assassinat, se décida à avouer Logicielle. Lundi dernier, votre oncle l'a discrètement ramenée chez lui.

– Vous en êtes certaine ? Dans ce studio ?

– Oui, le cheveu que nous y avons trouvé lui appartient sûrement. À mon avis, elle est restée deux jours ici. Nous savons même quels plats elle a préparés à votre oncle avant-hier mercredi, à midi.

– Quand elle a vu entrer le meurtrier traînant mon oncle, son récent protecteur, elle a dû être terrifiée ! Pourquoi n'a-t-elle pas fui ?

– L'assassin l'a sûrement vite maîtrisée, supposa Logicielle.

– Et il a dû se trouver bien penaud avec ce témoin sur les bras ! ajouta Max. Pourquoi ne l'a-t-il pas supprimée ?

– Je l'ignore. Je suppose qu'il l'a bâillonnée puis attachée avec l'une des embrasses, précisa-t-elle en désignant les doubles rideaux. À 2 heures du matin, il est allé chercher la Coccinelle au parking. Et il est remonté récupérer son otage. Ce qui explique que, la seconde fois, il soit descendu plus lentement.

– Il a porté Tran sur ses épaules ?

– Droguée ou endormie, elle ne doit pas peser lourd. Il l'a dissimulée dans la voiture et, peu avant 8 heures, il s'est rendu à la BEE pour vider les ordinateurs… ah, excusez-moi.

Son portable bourdonnait et elle décrocha. C'était Jean-François. Au fur et à mesure qu'elle écoutait, son visage s'éclairait.

– Nous allons repasser à la brigade, promit-elle. Tu as le numéro de la gendarmerie de Marennes ?… Merci !

– Du nouveau ? demanda Max.

– Oui. Freecom a envoyé au commissariat la liste des correspondants de Gata. Et on a retrouvé la Coccinelle !

– Quoi ? s'écria Max. Où ça ?

– À Oléron. Un hasard extraordinaire ! Les gendarmes de Marennes effectuaient des contrôles de routine sur la route qui mène à l'île. Ils ont arrêté la Volkswagen jaune.

– Attends, tu veux dire qu'ils ont appréhendé le conducteur ?

– C'est ce que j'ai cru comprendre. Je vais appeler nos collègues de Marennes. Mais de toute façon, nous y allons.

– Mon Dieu ! fit Sandrine en s'effondrant dans un fauteuil. On a retrouvé l'assassin de mon oncle !

Ils quittèrent l'appartement et Logicielle se mit aussitôt en contact avec la gendarmerie de Marennes-Oléron.

– Eh bien ? la pressa Max dès qu'elle eut raccroché.

– Nous n'avons pas un suspect mais deux, révéla-t-elle. Deux jeunes gens de dix-neuf et vingt ans. Ils se sont fait pincer avec la Coccinelle à l'entrée du pont ce matin, peu avant 8 heures.

– Il y aurait donc deux meurtriers ? s'informa l'hôtesse de l'air.

– Rien ne prouve que l'assassin soit l'un d'entre eux. Voilà ce que je vous propose, dit-elle dès qu'ils se retrouvèrent tous trois au bas de l'immeuble. Sandrine, vous allez nous suivre en voiture jusqu'à la brigade où nous récupérerons les fax qu'on m'y a adressés... Avez-vous la clé de la maison de Rouffiac ?

– Oui, j'en possède un double chez moi.

– Acceptez-vous de nous la confier ?

– Bien sûr !

– Alors nous allons vous suivre jusqu'à votre domicile pour la prendre.

– Vous voulez aller en Charentes ? Perquisitionner chez mon oncle ?

– Et si nous y allions ensemble ? suggéra Max avec enthousiasme. Cette maison sera bientôt la vôtre, Sandrine, vous allez en hériter ?

– Hélas, c'est impossible, j'embarque ce soir pour Athènes.

– Dommage, en effet, jeta Logicielle aussi soulagée qu'agacée.

– Pourquoi veux-tu aller là-bas ? demanda Max.

Logicielle faillit rétorquer qu'après tout elle n'avait pas besoin de lui et qu'il pouvait s'envoler pour la Grèce avec son hôtesse, s'il en avait envie.

– Parce qu'à mon avis, l'assassin s'y est rendu avec le véhicule de sa victime ! La Coccinelle a été retrouvée dans le même département. Le meurtrier y cherchait quelque chose.

– Ou bien il voulait vérifier qu'il n'y avait pas là-bas d'indice permettant de le démasquer, ajouta Max.

– Mais si c'est lui qui a été arrêté ? s'entêta Sandrine.

– J'en doute, soupira Logicielle. Aucun des voleurs de la Volkswagen n'a le profil de l'assassin.

– Si tu es certaine qu'il a déjà fait le ménage dans la maison des Charentes, objecta Max, pourquoi veux-tu y aller ?

– D'abord parce qu'il a pu y laisser des indices. Mais surtout parce qu'il a sûrement embarqué Tran avec lui ! Cette fille est en danger, Max. Nous devons la retrouver au plus vite.

– D'autant qu'elle est témoin de l'assassinat ! ajouta Sandrine.

– Si je comprends bien, reprit Max, tu espères qu'avec un peu de chance nous tomberons là-bas sur le meurtrier ?

– Tu m'agaces, Max ! finit-elle par jeter entre ses dents. Nous pouvons aussi baisser les bras, rentrer chez nous et abandonner l'enquête !

Max ne baissa pas les bras mais le nez. Il monta dans la Twingo de sa collègue ; moins d'un quart d'heure plus tard, ils arrivèrent au commissariat où Jean-François leur confia une liasse de feuilles.

– Bon courage, Logicielle, fit-il en hochant la tête. Tu risques d'y passer la nuit !

Quand elle récupéra son véhicule dans la cour, elle aperçut Max, assis sur le siège passager de la voiture de Sandrine. Ils poursuivaient gentiment leur conversation interrompue.

– Tu peux prendre le volant de ma Twingo ? jeta-t-elle à son collègue.

– Euh, je pensais...

– Eh bien non, tu restes avec moi, Max. Tu conduis. Ta nouvelle copine va nous montrer le chemin, tu la suivras à la trace. Je suis sûre que tu ne la perdras pas de vue.

– Quoi ? Qu'est-ce qui te prend ?

– Quitte à ce que tu aies les yeux et les mains occupés, je préfère que tu regardes la route et que tu tiennes le volant. Pendant ce temps, je vais commencer à dépouiller la liste des correspondants de Gata.

Vexé, Max obtempéra. Durant le trajet jusqu'à Thiais, il se mura dans un silence obstiné. Sandrine arrêta son véhicule face à un petit pavillon. Elle leur fit signe de patienter, entra chez elle et en ressortit une minute plus tard avec un trousseau de clés.

– Est-ce que vous saurez trouver Rouffiac et la maison de mon oncle ?

– Ne vous faites pas de souci, dit Logicielle. J'ai une carte détaillée. Au besoin, nous vous appellerons.

La jeune femme hésitait à prendre congé. Finalement, elle leur tendit la main par la fenêtre du conducteur.

– Bonne chance. Surtout, tenez-moi au courant.

– Rassurez-vous, dit Max, nous garderons le contact.

– Ah, *Contact* ! répéta Sandrine comme s'il s'agissait d'un bon mot, et en levant l'index vers le ciel.

Une minute après qu'ils furent repartis, Logicielle comprit : Max et l'hôtesse avaient fait allusion au film de Jodie Foster. Une façon de se dire qu'ils communiqueraient bientôt.

– Quelle foule ! grommela Max en désignant la queue sur la bretelle d'autoroute. Et il n'est pas 17 heures.

– Hein ? Ah oui, il y a de la circulation.

Elle ne cessait de se remémorer les gestes et les regards que Max avait échangés avec l'hôtesse. Elle comprit qu'à force de ressasser ces images, elle les déformait.

– Nous ne serons pas à Oléron avant 21 heures, estima Max. Ça te laisse le temps d'étudier la liste. Il y a beaucoup de noms et de numéros ?

– Euh... oui.

Elle n'avait encore rien consulté. Elle saisit sur le siège arrière la carte détaillée de la France, repéra plusieurs Rouffiac dans le glossaire. Un seul se trouvait dans le département de la Charente.

– En effet, murmura-t-elle, c'est tout petit. Et dans le sud du département, à la frontière de la Dordogne. Je me demande...

Elle saisit son portable, composa le numéro du commissariat de Bergerac, s'identifia. Une voix familière lui répondit :

– C'est toi, Logicielle ? Ici Viviane. Tu veux parler à Germain, je suppose ? Notre commissaire préféré vient de partir ! Et tu sais qu'il n'a pas de portable...

Logicielle soupira. Que son vieil ami Germain se fût résolu à acheter un ordinateur et à se familiariser avec Internet était déjà un exploit. Elle l'appela chez lui et tomba sur sa boîte vocale.

– Germain ? Ici Logicielle. Pourriez-vous me rappeler dès que possible ? J'aurais un service à vous demander.

– Un service ? ricana Max. On peut savoir ?

Son adjoint avait toujours été un peu jaloux de Germain Germain-Germain, dont Logicielle avait été la stagiaire avant d'être nommée à Saint-Denis[1].

– Essaie de deviner. Après tout, la compétition continue, non ? Et j'ai toujours l'espoir de te doubler. D'ailleurs il faut que je réfléchisse au gage que je vais t'imposer.

Rassérénée, elle se plongea dans la liste qu'avait envoyée Freecom, le fournisseur d'accès de l'informaticien. Lors du mois écoulé, Gata avait passé une trentaine de coups de fil – la durée de la moitié d'entre eux n'excédait pas une minute – et le nombre de numéros se réduisait à neuf.

Elle les entoura.

Certes, elle aurait pu joindre Jean-François à la brigade pour qu'il identifie ces correspondants. Pour ne pas perdre de temps, elle se risqua à les appeler.

Elle tomba successivement sur le standard de la BEE, l'agence de la banque où Gata avait son compte, l'épouse du maire de Rouffiac, la rédaction de la revue *Nature & Environnement*, un garagiste et un coiffeur de Saint-Denis situés à deux pas de son domicile. Les trois derniers numéros étaient ceux de sa nièce, portable et téléphone fixe et celui d'un correspondant

1. Lire *Coups de théâtre*, dans la même collection.

dont la ligne était pour l'instant occupée. Gata l'avait appelé une fois, le 2 avril. Pendant près de 35 minutes.

– *Nature & Environnement*, murmura Logicielle, songeuse.

Elle sortit la revue de son sac et vérifia. Le numéro de téléphone de la rédaction était bien celui qu'avait composé Gata. L'appel, qui datait du jeudi 30 avril, avait duré 48 secondes.

– Il reste encore ce correspondant... Ah, la ligne est enfin libérée !

Une voix féminine lui répondit, s'informa avec un léger accent, sans doute slave. Logicielle débita son argument pour la dixième fois :

– Pardonnez-moi, madame, mais c'est la police. Je suis le lieutenant Beffroy, de la brigade de Saint-Denis...

– La police ? Ah, c'est encore pour l'accident de mon mari ?

– L'accident ? Attendez, madame, j'aimerais justement savoir qui vous êtes. Et qui est votre mari.

– Il est mort, mademoiselle, expliqua la femme d'une voix douce et altérée. Vendredi dernier. Je suppose que vous le savez.

– Pardonnez-moi d'insister, mais qui êtes-vous ?

– Helena Rajeski. L'épouse du peintre.

Logicielle déglutit. Et l'affiche jaillit d'un coup de sa mémoire. Le congrès mondial des entomologistes. Les grillons qui se passent le témoin. Rajeski, mort vendredi dernier ! Elle maîtrisa les tremblements de sa voix pour demander :

– Pouvez-vous m'expliquer les circonstances de son décès ?

Il y eut un soupir de lassitude. Puis :

– Krystian se trouvait dans le RER, à la station Châtelet-les-Halles. Il était environ 17 heures. Il y a eu une bousculade. Au moment où la rame arrivait, il est tombé, juste devant les roues... Il n'y avait plus rien à faire, ajouta-t-elle dans un sanglot, il est mort lors de son transfert à l'hôpital.

– Quelqu'un a poussé votre mari, n'est-ce pas ?

– Plusieurs personnes l'ont affirmé. Une enquête est en cours. La police a fait un appel à témoins ; la seule personne qui a accepté d'effectuer une déposition est une dame âgée qui n'a pas vu grand-chose. Les autres passagers n'ont pas laissé leur identité, ils ne voulaient pas attendre, vous comprenez, ils rentraient chez eux...

– Madame, connaissez-vous Guy Gata ?

Son interlocutrice marqua un temps de réflexion.

– Ce nom me dit quelque chose. Oui, Krystian m'en avait parlé, c'était un ami à lui, attendez...

Logicielle attendit. Et réfléchit, elle aussi. Un accident ? Elle en doutait. Car la coïncidence était troublante. Et si l'assassin de Gata, pensant qu'il détenait les informations qu'il recherchait, avait décidé de supprimer Rajeski ?

– Des informations... à propos des grillons ? grommela-t-elle à mi-voix, comme pour elle-même, tant cela lui paraissait incongru.

En ce cas, Rajeski aurait été la première victime de l'assassin. Et Gata la seconde.

14

– J'y suis ! reprit l'épouse du peintre. J'ai retrouvé ses coordonnées dans le carnet d'adresses de Krystian. Et je me souviens. Guy Gata est un informaticien, Krystian et lui s'étaient croisés à plusieurs reprises, à l'occasion de conférences ou de conventions. Ils s'intéressaient tous les deux à l'astronomie, ils se téléphonaient parfois.

– Guy Gata a appelé votre mari au début du mois dernier. Le 2 avril. Ils se sont parlé pendant une demi-heure. Avez-vous une idée de ce qu'ils se sont dit ?

– Oh, mademoiselle, comment pourrais-je le savoir ? Krystian recevait tant d'appels !

Logicielle n'eut pas le cœur de tourmenter davantage la veuve du peintre. Elle lui présenta ses condoléances, raccrocha et murmura :

– L'astronomie et les grillons.

Elle avait l'impression de détenir deux clés. Deux clés différentes mais intimement liées, et qui ouvraient une même porte. Une porte derrière laquelle se dissimulaient sans doute un secret, le mobile du crime et, bien entendu, l'assassin.

– Rajeski est mort ? demanda Max. Un accident ?

– Plutôt un assassinat.

– Et du côté des correspondants Internet, où en es-tu ?

Dix minutes plus tard, elle dut admettre que c'était plus compliqué, même si l'informaticien n'avait pas le goût du secret – son pseudo était GATA93@freedom.fr. Car il rentabilisait son abonnement ADSL illimité en multipliant appels et correspondants. Le problème était que figuraient seulement le temps de connexion et le poids de chaque message.

– Soixante-deux, soixante-quatre... Bigre, le mois dernier, il a reçu des mails de soixante-sept correspondants différents ! Et il en a envoyé à douze personnes.

Là, un pseudo sautait immédiatement aux yeux : TOMO75@moon.fr. Non seulement l'informaticien avait reçu six messages de ce mystérieux correspondant, mais il lui en avait adressé sept.

– Sept sur douze ! Et toujours avec un document joint d'un poids considérable, plusieurs gigaoctets.

C'était énorme. La plupart du temps, seules des images animées pesaient autant. Étaient-ce les enregistrements compressés des chants de grillons qui avaient été échangés ?

Elle rappela Mme Rajeski et, à tout hasard, lui demanda si elle connaissait l'adresse e-mail de son mari. C'était bêtement Rajeski, et elle ne lui en avait jamais connu d'autre.

– Tu n'as plus de correspondants à joindre ? s'informa Max sans quitter la route des yeux. Où en es-tu de tes déductions ?

– TOMO75. Qu'est-ce que ça t'évoque ?

– Une moto en verlan ! Un numéro minéralogique. Un prototype de voiture. Un nouveau modèle d'ordinateur. Une île déserte dans le Pacifique...

Max s'interrompit, car le portable de Logicielle sonnait.

– Germain ? s'écria-t-elle. Ah, formidable ! Vous êtes chez vous ?

– Oui. J'ai écouté votre message. Voilà près d'une heure que je tente de vous joindre.

– Je suis navrée. J'aurais besoin de vous, Germain.

Elle lui résuma son enquête en cours, évoqua la voiture volée puis retrouvée, la disparition de la jeune fille et leur départ pour Rouffiac. Le commissaire semblait dubitatif.

– Allons, Logicielle, vous croyez que l'assassin aurait été assez naïf pour séquestrer cette Tran dans la maison de campagne de sa victime ?

– À moins qu'il ne l'ait supprimée pendant le trajet, je ne vois pas ce qu'il en aurait fait. Et je suis sûre que l'assassin cherche dans cette maison quelque chose d'important.

– Vous dites que ce village de Rouffiac se trouve près de Chalais ?

– À trois kilomètres, sur la route d'Aubeterre-sur-Dronne.

– C'est à moins de cinquante kilomètres de chez moi. Et le maire s'appelle Rozière ? Je file là-bas, j'y serai avant vous, Logicielle. Je vous tiens au courant, bien sûr.

Dès qu'elle eut raccroché, Max s'informa :

– Ce TOMO75, quand envoyait-il ses messages ?

– Visiblement à n'importe quelle heure de la journée, jugea-t-elle en consultant ses feuilles. Gata, lui, envoyait ses mails le soir ou la nuit.

– Donc après son travail. Ce qui signifie qu'il ne se connectait pas à la BEE.

– Qui se cache derrière ce TOMO75, Max ?

– Peut-être s'appelle-t-il Tom Oliver. Ou Tom Oxford.

– Ou Vincent Dupont ! Beaucoup de gens, sur Internet, adoptent un pseudo sans rapport avec leur nom véritable.

Logicielle serait bien partie à la recherche de son identité mais elle savait que cette procédure, longue, la conduirait sûrement à une fausse adresse. Ce TOMO75 avait pu joindre Gata depuis des lieux anonymes et variés, genre cybercafés. Pourtant, elle aurait donné cher pour connaître l'identité de ce correspondant qui échangeait si souvent avec la victime des documents joints d'un tel poids. De là à penser que ce TOMO75 et l'assassin étaient la même personne, il n'y avait qu'un pas. D'autant plus que Gata et lui avaient correspondu la veille du meurtre, mardi 10 ! Cette fois, exceptionnellement, aucun document n'avait été joint, ni d'un côté ni de l'autre. Deux courriers brefs de 8 et 14 kilo-octets, l'équivalent d'une ou deux pages de texte.

– Et si tu envoyais un mail à ce TOMO75 ? suggéra Max.

– J'y ai songé. Que veux-tu que je lui dise ? « Salut ! Je suis lieutenant de police et je vous soupçonne d'avoir tué Guy Gata, avec lequel vous échangiez de gros messages que je n'ai pas la possibilité de déchiffrer. Pourriez-vous confirmer par retour ? »

– On ne sait jamais. Il pourrait te répondre : « OK, vous m'avez trouvé, à vous de découvrir maintenant qui se cache derrière mon pseudo ! »

Un jeu de cache-cache. C'était l'impression qu'elle avait, en effet. Ils couraient après un meurtrier qui avait une longueur d'avance sur eux. Du moins pour l'instant.

Sur l'autoroute, le crépuscule teintait l'horizon limpide de rose bonbon et de vert tendre. Pour meubler le silence, son adjoint avait mis la radio, une station destinée aux ados qui diffusait rap et techno.

Quand ils arrivèrent en vue de Marennes, il n'était pas tout à fait 21 heures. Max stoppa la Twingo devant l'immeuble de la gendarmerie où un jeune GA, un gendarme auxiliaire, les salua réglementairement avant d'annoncer :

– Nous vous attendions. Les prévenus sont en garde à vue, à votre disposition.

Dès que Logicielle les aperçut, affalés sur la banquette de bois, elle sut que l'assassin n'était pas l'un d'eux. Le gradé qui se tenait à leurs côtés, un colosse d'une quarantaine d'années aux sourcils en bataille, tendit la main aux visiteurs.

– Vous êtes Logicielle ? Je suis le commandant Barbeau. Voici les lascars dont nous vous avons parlé au téléphone. Ne vous fiez pas à leur jeune âge, Fred et Roxy sont des familiers de nos services.

– Vous les connaissez ?

– Hélas oui, soupira-t-il. Drogue, racket, vol de voiture, trafics divers… Hein, Roxy ?

Celui que Barbeau venait d'interpeller sortit de sa somnolence et renifla lamentablement. Sa maigreur et son crâne chauve rappelaient vaguement Max.

– Où étiez-vous avant-hier soir ? demanda Logicielle.

Le copain de Roxy, aussi maigre et dix fois plus nerveux que son comparse, répondit quelque chose d'inintelligible en brassant l'air de deux ou trois moulinets de la main.

– Au *Blue Sky*, traduisit aimablement Barbeau. C'est une boîte à la mode, dans la banlieue d'Angoulême.

– On y est arrivés vers 10 heures et on en est repartis, il était quoi, Fred ? 3 heures du matin ? lança Roxy.

– Cette voiture, la Coccinelle jaune, où l'avez-vous volée ?

Le corps de Fred s'agita et de sa bouche jaillit un flot de paroles confuses parmi lesquelles Logicielle crut comprendre : « Volée ? On l'a pas volée, cette tire, c'était un vrai cadeau ! »

– La nuit dernière, on était encore au *Blue Sky*, reprit Roxy.

– Eh oui, commenta Barbeau, ils y ont leurs habitudes. Mais cette fois, mes lascars, vous passerez la nuit ici !

– On est partis plus tard, reprit Roxy, à la fermeture. Il était quoi ?

En guise de réponse, Fred brandit sa main droite ouverte et son copain commenta :

– Ouais, pas loin de 5 heures. Nos potes, ceux qui nous avaient déposés, y s'étaient déjà cassés. Et nous, fallait bien qu'on rentre, non ?

– Ils habitent sur l'île, à Saint-Pierre, expliqua le commandant. Enfin, disons plus exactement qu'ils squattent là-bas des maisons de vacances inhabitées.

– Alors on a été à la gare, reprit Roxy.

– Non, au parking de la gare, rectifia Barbeau. Car ces jeunes gens préfèrent la voiture aux chemins de fer. Le mois dernier, ils ont déjà volé là-bas une BMW, qu'on a retrouvée dans un piteux état.

– Mais non ! affirma Roxy. On était à l'intérieur, près des guichets, quand on a vu la Coccinelle arriver et se garer.

Fred voulut enchaîner, en suppléant son élocution précipitée par un langage des signes improvisé. Logicielle se demanda à qui ce garçon lui faisait penser. Ah oui, au personnage un peu timbré du film *L'armée des douze singes* joué par... Brad Pitt ! Aussitôt, elle se donna intérieurement une gifle. Il y avait désormais des noms interdits.

– Moi, expliquait Roxy, j'ai bien vu que le type ne fermait pas sa voiture. Il avait même laissé la porte du conducteur ouverte. Et les clés sur le tableau de bord.

– Et il était seul ? s'informa Logicielle. Il n'y avait personne sur le siège du passager ? Ou à l'arrière ? Ou dans le coffre ?

– Ben oui, affirma Roxy, il était seul. Et il a abandonné son véhicule comme s'il oubliait sa casquette sur une chaise. C'est vrai que cette bagnole, c'était un vrai cadeau.

– Bien sûr, elle n'appartenait plus à personne ! ironisa le commandant dont les sourcils se haussèrent en accents circonflexes. La grille d'un château est ouverte, vous entrez et vous considérez que les lieux sont à vous ?

– Fallait bien qu'on rentre chez nous ! plaida Roxy.

– C'est ça, avec une voiture volée, sans assurance ni permis...

– Le permis, je l'ai ! jura le jeune homme.

– Tu ne l'as pas gardé longtemps ! beugla Barbeau. Et si on t'avait enlevé trois points à chaque fois que tu avais conduit en infraction, tu totaliserais moins cent ! Question chiffres, j'ajoute que votre taux d'alcool à tous deux approchait deux grammes. Sans parler des substances illégales dont vous étiez imbibés. Ces garçons, ajouta-t-il à l'intention de Logicielle, n'ont commencé à devenir lucides qu'en début d'après-midi.

– Ce type, demanda-t-elle à Roxy, le conducteur de la Volkswagen, tu l'as vu ?

– Moi, non, pas vraiment. Je, euh... dès qu'il a abandonné sa voiture, j'ai rejoint le parking pour vérifier si... enfin, si la bagnole était libre. Même le coffre n'était pas fermé.

Fred bouscula son copain en levant les index de ses deux mains.

– Mais toi, tu l'as vu, n'est-ce pas ? interrogea Logicielle.

– Lui, ouais, sûrement, confirma Roxy en désignant son comparse. Il était resté à l'intérieur de la gare.

– C'est leur tactique, expliqua Barbeau. Quand l'un d'eux prépare un mauvais coup, l'autre surveille la future victime pour accaparer son attention au besoin.

– Cet homme, le conducteur de la Coccinelle, insista Logicielle en fixant Fred, pourrais-tu te souvenir de lui ? Me le décrire ?

L'autre hocha vigoureusement la tête et, tout en baragouinant, il entama des pieds et des mains un ballet qui tenait à la fois du rap, du karaté et du robot déréglé. Barbeau devait posséder à fond les nuances de ce langage singulier, car il traduisait au fur et à mesure :

– Le type de la Coccinelle a voulu acheter un billet au comptoir, mais les guichets étaient fermés. Il en a retiré un à une borne automatique, avec une carte de crédit dont, euh... dont Fred n'a pas pu repérer le numéro. Puis le type est allé sur le quai.

– Quelle heure était-il ? demanda Logicielle.

La pantomime du garçon stoppa. Cette question avait grippé la machine. Soit il ne savait pas lire l'heure, soit il ne se souvenait plus.

– 5 heures et demie, affirma Roxy. Ouais, affirmatif. 6 heures moins le quart à tout casser.

– L'heure, expliqua Barbeau, c'était le dernier de leurs soucis. Ils ont aussitôt filé avec le véhicule. Nous les avons arrêtés à l'entrée du pont à 7 h 44, ce matin.

Logicielle saisit Fred par les épaules.

– Cet homme, à quoi ressemblait-il ? Il était jeune ? Vieux ? Plutôt grand ou petit ? Comment était-il habillé ?

L'interpellé, hagard, restait immobile. Il secoua vigoureusement la tête de droite à gauche. Ce signe, hélas, Logicielle le comprit.

– Fred, tu n'as pas remarqué un détail chez cet homme ? Sur son visage ? Quelque chose de particulier ?

Alors, l'expression du jeune homme s'éclaira. De l'index, il pointa son cou puis il y plaqua sa main en éructant un étrange borborygme.

– Si, expliqua Barbeau. Ce type était rouge à cet endroit-là. Comme si on l'avait frappé, ou frotté. Il avait, euh… comment dire ?

Des deux mains, Fred ordonna au commandant de se taire. Car il savait ce que c'était. Et il allait le dire. Pour la première fois, sa voix fut étonnamment lente et claire, quand, l'air ravi, il annonça :

– Une tache de vin !

15

Pressés de questions, les délinquants n'avaient pu livrer davantage de renseignements. L'assassin présumé, quand il avait rejoint le quai, n'avait apparemment pas de bagage. Peut-être une serviette ou un porte-documents, Fred ne se souvenait plus très bien.

– Pouvons-nous examiner le véhicule volé ? demanda Logicielle.

Barbeau les entraîna derrière la gendarmerie où stationnait la Coccinelle jaune. Les canettes abandonnées sous les sièges provenaient de toute évidence du *Blue Sky*. De la boîte à gants, le commandant Barbeau extirpa un paquet de chewing-gums, une peau de chamois, sept ou huit CD et la carte grise, qu'il tendit à Logicielle.

– Ne jamais laisser les papiers dans le véhicule ! lui recommanda-t-il comme si elle en était la propriétaire. Je préférerais d'ailleurs que vous emportiez tout ça, ajouta-t-il en glissant l'ensemble dans un sac en plastique. Puisque son propriétaire est décédé, cette voiture va être mise en fourrière en attendant que son ayant droit la récupère.

Cela prendrait des mois, songea Logicielle. Elle ouvrit le coffre à l'avant, il était vide, et on eût dit que le tissu des banquettes avait été passé à l'aspirateur. Retrouver ici la moindre empreinte tiendrait du miracle. C'est Max, accroupi sous la banquette arrière, qui fit la seule découverte majeure. Il se releva et brandit entre deux doigts quelque chose que Logicielle, d'abord, n'identifia pas.

– Examine un peu ce que j'ai trouvé sur la moquette.

Le cœur de Logicielle fit un bond dans sa poitrine. Car c'était un cheveu. Un cheveu noir d'une soixantaine de centimètres. Un cheveu identique à celui que leur collègue de la Criminelle avait découvert dans le studio de Gata.

– Tes soupçons semblent se préciser, dit Max en souriant.

– Oui. Le meurtrier a sans doute enlevé Tran. Mais qu'en a-t-il fait ?

Entre le logement de Gata et la gare d'Angoulême, il avait eu mille fois l'occasion de la supprimer et de l'abandonner dans un fossé. Dès qu'ils eurent rejoint le bureau du commandant, elle lui demanda :

– Auriez-vous les horaires des trains au départ d'Angoulême, le vendredi matin ?

– Non. Mais c'est facile à trouver.

Il se connecta à Internet et le renseignement tomba une minute plus tard : le premier train après 5 h 30 était un TGV, il entrait en gare d'Angoulême à 5 h 47 et en repartait dix minutes plus tard. Il s'arrêtait à Poitiers et Saint-Pierre-des-Corps. Son terminus était Massy-TGV, c'est-à-dire Paris.

– 5 h 57, murmura Logicielle. C'est sûrement ce train que notre homme allait prendre. Voyons, combien coûte un aller pour Paris ? En première et seconde classe.

– Que veux-tu faire ? demanda Max.

– Interroger le central de la SNCF pour connaître le numéro des cartes de crédit qui ont servi à acheter des billets ce matin, entre 5 h 30 et 6 heures moins le quart. Il ne devrait pas y en avoir beaucoup.

– Je comprends, approuva Max. Et selon le montant de la somme retirée, tu sauras du même coup où il est allé... Bien joué !

– Appelle Jean-François et demande-lui d'effectuer cette recherche.

Le commandant Barbeau avait assisté à cet échange sans piper. Logicielle le remercia chaleureusement et elle adressa un signe presque amical aux deux jeunes délinquants qui, assis sur un banc dans leur cage, s'apprêtaient à passer une nuit moins agréable que les deux précédentes.

Quand ils quittèrent Marennes pour se rendre à Rouffiac, Logicielle, machinalement, se mit au volant de sa Twingo.

– Je ne suis plus en pénitence ? demanda Max.

– Puisque j'ai étudié l'itinéraire pendant que tu conduisais, je préfère reprendre la direction des opérations... Tu nous mets la radio ?

La station diffusait les informations de vingt-deux heures.

– ... les plus grands spécialistes des insectes. C'est donc demain après-midi à 15 heures que devrait être révélée, au cours d'une conférence de presse exceptionnelle, cette communication majeure qui, d'après certaines indiscrétions, pourrait, selon les termes de son organisateur, Martin Triton, « bouleverser les milieux scientifiques et modifier en profondeur notre perception de l'homme dans l'univers ». Rappelons que ce congrès mondial d'enmoto...

– Tomo ! corrigea Max. Entomo !

– Excusez-moi, d'entomologie, qui s'achèvera dimanche...

Logicielle fit faire à son véhicule un écart si brutal que Max sursauta.

– Hé, qu'est-ce qui te prend ?

Elle leva le pied de l'accélérateur et murmura, très pâle :

– Max ! Répète ce que tu viens de dire.

– Ce que j'ai dit ? À propos de quoi ? De ta manière de conduire ?

– Non, avant. Quand le journaliste a bafouillé : enmoto, tu as rectifié en disant…

– Entomo.

– Non. Tu as d'abord dit Tomo. Tomo, Max ! Dans entomologiste, il y a tomo.

– Ciel ! Quelle découverte ! Il y a aussi ciel dans Logicielle, non ?

– Le pseudo du mystérieux correspondant de Gata est TOMO75.

– Cela ne prouve pas qu'il soit entomologiste !

– Tu oublies les grillons.

– Ne prends pas tes désirs pour la réalité ! Le chant des grillons, il se trouve dans les clés USB. Tu n'as aucune preuve que c'est ce que contiennent les documents joints aux mails entre TOMO et GATA !

– Max ? Pourrais-tu sortir la revue *Nature & Environnement*, de mon sac ? Tu vas la feuilleter et relever, s'il te plaît, tout ce qui a trait aux insectes.

– Est-ce que c'est si urgent ? Il fait nuit.

– Je m'arrête et tu prends le volant, si tu préfères.

– Bon, ne te fâche pas. C'est un numéro spécial sur le congrès d'entomologie. Voyons la couverture. Un superbe champ de blé. Avec en gros plan une sauterelle qui… non. C'est plutôt un grillon.

– Un grillon, répéta Logicielle d'une voix blanche. Un big bug.

Max laissa peser une seconde de silence avant de noter :

– Allons, Logicielle, arrête de voir des grillons partout !

– Mais il y en a partout, Max !

– Réfléchis. L'entomologie est la science des insectes. Et les responsables de la revue ont dû être influencés par l'affiche de Rajeski, voilà tout.

– Peux-tu me lire les titres des articles, Max ?

– *Pollution et désertification. L'eau douce, une denrée qui se raréfie. La mouche de rivière, une perle ! Quand le termite sort du bois*... Ah, page 24, le congrès mondial d'entomologie. Nous y sommes.

– Trouve-moi la liste des participants.

– Il y en a un paquet. Deux ou trois cents spécialistes. Quatre-vingts nations représentées. Une trentaine de communications prévues les 13, 14 et 15 mai, à Orléans, entre 10 et 20 heures – sauf le dimanche 15 où le congrès s'achève à midi. Il y a un encart spécial sur cette fameuse conférence de presse qui aura lieu demain samedi, à 15 heures et qui... ah, ça c'est incroyable !

– Quoi ?

– Le titre de la conférence de presse ! *La mémoire vive des grillons*.

– Comment ? Qu'est-ce que tu as dit ?

– *La mémoire vive des grillons*, répéta Max. C'est la seule indication. Ni résumé ni commentaire. Décidément les grillons sont à la mode.

Le cœur de Logicielle s'était mis à battre à coups précipités. Dans sa mémoire se bousculaient en vrac les enregistrements des clés USB, l'affiche de Rajeski avec les criquets représentés sur un fond d'étoiles, et cette étrange chaîne d'ADN qui semblait symboliser un relais. Rajeski et Gata, peut-être éliminés par le même assassin, s'intéressaient depuis longtemps à l'astronomie. Les grillons, depuis peu, les avaient reliés. Et, indirectement, causé leur disparition.

Logicielle savait approcher du but. Peu à peu s'échafaudaient dans son esprit plusieurs théories, trop folles pour qu'elle ose valider la moins audacieuse. Veillant à rester attentive à la conduite, elle ordonna :

– Cette conférence de presse, Max, qui la fera ?

– Je l'ignore, aucun nom ne figure à côté du titre !

– Tu m'as dit que deux ou trois cents entomologistes participaient à ce congrès ? Leurs noms figurent dans le magazine ?

– Oui. Par ordre alphabétique et en caractères minuscules.

– Tu peux me lire cette liste ?

Max releva la tête.

– Tu plaisantes ? Ça risque d'être aussi passionnant que l'annuaire téléphonique.

– Certains se prénomment-ils Tom ?

– Attends. Oui. Un... non... deux savants. Des Américains. Hawkins et Lowell. Ça t'apprend quelque chose ?

– Le sujet de leur intervention est précisé ?

– Oui. *À la rencontre de l'andrène velue*... et *L'ammophile hirsute, du nouveau sur ses stratégies de reproduction*. Je trouve ça très tendance. La communication se fera en anglais. Je n'aimerais pas être celui qui sera chargé de la traduction simultanée en mandarin.

– Laisse tomber ces deux Américains. Le titre d'une communication évoque-t-il de près ou de loin les grillons ?

– Euh... non, à part cette mystérieuse conférence de presse. Par contre, dans la revue, le Triton revient très souvent.

– Le triton ? Mais ce n'est pas un insecte ! Quel rapport ?

– Je veux parler de Martin Triton. L'organisateur du congrès. C'est également le directeur de publication de *Nature & Environnement*.

– Quand nous serons arrivés, je regarderai ça de plus près.

La route était devenue étroite et escarpée. Par moments, elle dominait de longues vallées aux creux nappés de brume, auxquelles un croissant de lune ajoutait une touche féerique.

À 22 heures, ils traversèrent la petite ville de Chalais, paisible et déserte. Logicielle trouva sans mal la bifurcation pour Aubeterre-sur-Dronne. Max, qui suivait leur parcours sur la carte, nota :

– Il s'agit d'une route touristique. Dommage qu'il fasse nuit. Ah, voilà le panneau Rouffiac !

Logicielle freina et chercha une zone libre sur le bas-côté pour appeler Sandrine. Elle trouva un chemin de terre et y stationna.

– Max ? C'est ici, nous y sommes !

Elle venait de reconnaître l'entrée de la propriété et le long bâtiment, au fond de la cour, où deux fenêtres étaient éclairées.

– Bon sang ! chuchota Max. Il y a de la lumière ! Et si l'assassin...

– En ce cas, Germain l'a trouvé avant nous. Regarde.

La voiture du commissaire, une Rover, stationnait près du perron, où trônait également une bicyclette.

Logicielle gara sa Twingo à deux pas. À peine était-elle sortie de son véhicule qu'une voix familière la hélait :

– Logicielle ! Dommage que nous nous voyions le plus souvent dans des circonstances plus ou moins sanglantes...

La silhouette bonhomme de Germain s'approcha d'eux. Le commissaire de Bergerac serra la main de Max et il prit Logicielle dans ses bras. Elle l'embrassa et lui avoua :

– Ah Germain, c'est toujours un plaisir de vous retrouver.

– Voici Paul Rozière, le maire de Rouffiac.

Logicielle, en lui serrant la main, ne put s'empêcher de confier :

– Savez-vous que vous ressemblez un peu à...

– À Guy Gata ? Oui, autrefois, on nous croyait frères. Nous avions le même âge et nous ne nous quittions guère. Au village, nous avons grandi ensemble.

D'un geste ample, le maire désigna la colline.

– J'habite un peu plus haut, à trois cents mètres. Moi, je n'ai jamais quitté la région. Je suis viticulteur. Ici, c'est le pays du cognac.

– Autrement dit, ajouta Germain, en vous attendant nous avons eu de quoi meubler la conversation.

Pour être allée plusieurs fois chez Germain, Logicielle savait qu'il habitait au milieu des vignes du Bergeracois.

– Dès que votre collègue est arrivé, reprit Rozière, je l'ai emmené chez Guy.

– Vous avez les clés ? demanda-t-elle.

– Il m'en a confié un jeu. Ainsi, je peux faire entrer l'employé EDF, fermer l'eau en cas de gel. Au printemps, je tonds la prairie. Cette propriété s'étend sur près de quatre hectares.

– Nous avons pris soin de ne toucher à rien, précisa Germain. J'ai cependant jeté un coup d'œil dans la maison. Tout semble en ordre. Bien sûr, il n'y a personne, c'est la première chose que j'ai vérifiée.

Ils entrèrent dans le vestibule, où le maire les invita à prendre place sur des sièges de rotin. Une bouteille de vin blanc sec entamée et deux verres à moitié pleins traînaient sur la table basse.

– Assassiné ! soupira Rozière en s'asseyant. J'ai du mal à y croire. Quand cela a-t-il eu lieu ?

– Je n'ai pas livré de détails au maire, expliqua Germain. Je lui ai résumé ce que vous m'aviez dit.

Elle accepta le verre qu'on lui remplissait et révéla :

– Guy Gata a été tué chez lui, à Saint-Denis, mercredi soir, vers 20 heures. Il y a donc exactement deux jours.

– Mercredi soir ?

De saisissement, Rozière avait renversé du vin sur la table, il y reposa la bouteille d'une main tremblante.

– Attendez... mais c'est impossible ! Guy est passé ici hier après-midi. Et il est reparti dans la nuit, à 3 heures et demie !

– Ce n'était pas Guy, monsieur Rozière, mais son assassin. Vous avez uniquement aperçu sa voiture, je suppose ?

– En effet, je...

– Expliquez-nous.

Pour se remettre de ses émotions, le maire acheva son verre de vin blanc.

– C'est simple. Hier, dans l'après-midi, ma femme et moi nous étions en train de soigner nos vignes quand la Volkswagen jaune a surgi dans la côte. Elle roulait lentement, a freiné, est entrée dans la propriété mais... maintenant que vous me le dites, je comprends !

– Que comprenez-vous ?

– Le conducteur n'a pas arrêté son véhicule devant le perron, comme d'habitude, mais sous les platanes, à dix mètres de là. Sans doute pour qu'on ne voie pas la voiture de la route !

– Il ignorait que vous l'aviez déjà repéré.

– Un hasard. Car une fois la Coccinelle garée à cet endroit, il m'était impossible d'apercevoir le conducteur.

– Vous n'êtes pas allé rendre visite à votre ami ?

Rozière haussa les épaules.

– Non. D'habitude, c'est lui qui vient ou qui m'appelle. Mais il lui arrive de passer un week-end entier chez lui sans me faire signe ! Il tient à sa solitude et je la respecte. Je savais qu'il serait en congé pendant deux semaines. J'ai pensé qu'il avait quitté son travail plus tôt que prévu et qu'il me rendrait visite le lendemain. J'ai été étonné de le voir partir à 3 heures et demie du matin.

– Expliquez-nous, insista Logicielle. Êtes-vous sûr que c'était la Volkswagen ? Et comment se fait-il que vous l'ayez vue à cette heure si tardive ? Vous n'étiez tout de même pas dans vos vignes !

– Il m'arrive de me réveiller, une ou deux fois dans la nuit. Pour...

– Je comprends. Vous allez aux toilettes ?

– Non. En cette saison, comme nous dormons avec la porte-fenêtre de la chambre entrouverte, je préfère aller me soulager au bout de la terrasse en admirant les étoiles. La nuit dernière, c'est exactement ce qui s'est produit. En réalité, c'est un bruit suspect qui m'avait réveillé.

– Le moteur de la voiture ?

– Non, pas encore. Autre chose. Peut-être des cris... Vous savez, la commune n'est pas grande. La nuit, il ne passe aucun véhicule. Et un maire a l'œil et l'oreille attentifs à tout. C'est au moment où j'allais me recoucher que j'ai aperçu les phares s'allumer.

– Les phares de la Coccinelle ?

– Oui, elle a rejoint la départementale puis elle a pris la direction de Chalais et a disparu. Bon, je me suis dit que Guy était venu déposer des affaires. Mais ce n'était pas dans ses habitudes.

– L'assassin n'a rien apporté, expliqua Max, il voulait effacer le disque dur de l'ordinateur de sa victime. Car votre ami a un ordinateur ici, n'est-ce pas ?

– Deux. Et de nombreux instruments d'astronomie, dans le garage qu'il a aménagé en observatoire... Venez.

Le maire les conduisit dans une immense annexe où trônait un impressionnant matériel.

Logicielle aperçut aussitôt l'OMNIA 3, relié à un coronographe[1] et à un spectroscope[2] au moyen de plusieurs câbles. Elle s'approcha et comprit.

– Bien sûr, l'assassin a emporté le disque dur. Voyons à l'intérieur de la maison.

Guy Gata y avait un bureau avec un ordinateur, moins sophistiqué que celui de l'observatoire. Là encore, le disque dur n'y était plus.

– Il est 23 heures, constata Rozière. Et je suppose qu'aucun de vous n'a dîné ? Venez manger un morceau chez moi – mais si, j'insiste, ce sera sans façon.

Germain fut le premier à accepter. Rozière passa devant, en bicyclette, pour leur montrer le chemin.

– Quand je pense que mon vélo est dans le break de la brigade ! soupira Max. Ici, pour s'entraîner, ce doit être plus sympa que les berges de la Seine !

Grâce à la douceur de la température, ils dînèrent avec le couple Rozière sur la terrasse mais l'humidité les obligea à se replier à l'intérieur pour boire le café. Bien sûr, ils n'échappèrent pas au cognac de leurs hôtes, un cru hors d'âge qu'ils réservaient à leurs invités de marque. Dès que Germain se leva pour reprendre la route, le maire lui lança :

1. Instrument d'optique qui permet d'observer la couronne solaire et ses protubérances.
2. Instrument d'astronomie qui, en décomposant la lumière émise par un astre, permet d'en déterminer les composants chimiques.

– Vous voulez rentrer en Dordogne à cette heure, commissaire ?

– Ma foi, j'ai un peu moins d'une heure de route…

– … et un peu plus d'un demi-gramme d'alcool dans le sang ! Pas question de donner le mauvais exemple. J'ai une chambre d'amis. Quant à vous, acheva-t-il en s'adressant à Logicielle et Max, le plus simple est que vous dormiez chez Guy puisque sa nièce vous a confié les clés. Vous saurez vous débrouiller ?

Ils se séparèrent en se donnant rendez-vous chez le maire, vers 7 heures, pour le petit-déjeuner.

Avant de pénétrer dans la maison, Logicielle alla dans l'observatoire récupérer une puissante torche électrique. Puis elle explora avec soin les alentours : taillis, bosquets, cabane de jardinier… Quand elle s'aventura sur le chemin des vignes, Max la rappela et elle se résolut à regret à rejoindre la propriété.

– Nous ferons un inventaire complet demain ! lui promit-il. Je suis HS. Tu sais qu'il est 1 heure et demie du matin ?

Elle ne voulut pas se coucher tout de suite et fouilla les placards, le grenier, les armoires. Resté dehors, Max s'allongea sur la pelouse, utilisant son blouson plié en guise d'oreiller.

Quand elle se résigna à le rejoindre, il murmura d'une voix pâteuse :

– Ça y est ? Tu as fait le lit ?

– Le cognac ne te réussit pas, Max. À mon avis, tu aurais dû refuser le deuxième verre.

– Tu as choisi notre chambre ?

– Nos chambres. Tu t'imagines que je vais dormir à côté d'un individu qui cuve son vin et va ronfler toute la nuit ? J'ai trouvé des sacs de couchage, nous n'allons pas salir de draps.

– Logicielle ? Je me suis conduit comme un mufle.

– Comment ?

Elle s'assit auprès de lui dans l'herbe, elle croyait avoir mal entendu.

– Cet après-midi, avec Amélie et Sandrine... reprit-il en articulant avec difficulté, je ne sais pas ce qui m'a pris.

Logicielle sourit dans la nuit. Finalement, l'alcool n'avait pas si mauvais effet. Elle se sentit prête à toutes les réconciliations.

– Tu as impressionné la petite étudiante, Max. Ce n'était pas très compliqué, avec ton statut d'inspecteur...

Elle allait ajouter « et ton joli crâne rasé » – elle se retint.

– Pour l'hôtesse, avoua Max, j'ai voulu te rendre jalouse. C'était stupide, hein ?

Il s'exprimait laborieusement, cherchait ses mots.

– Tu comprends, poursuivit-il, j'aimerais plaire un peu.

– Cet après-midi, tu voulais séduire, Max. C'est différent. Et puis moi, tu me plais, tu le sais.

Elle faillit avouer : « tu me plaisais davantage avec tes cheveux bouclés et tes gentilles attentions. »

– Plaire, ce n'est pas assez, Logicielle, reprit-il. Moi, je voudrais qu'on m'aime !

– On t'aime, Max !

– J'ai dit on mais ce n'est pas vrai, avoua-t-il sur un ton misérable. On, c'est tout le monde et personne ! Après tout, on, moi je m'en fous. Je voudrais que toi, tu m'aimes, Logicielle.

Elle lui prit la main, s'allongea à côté de lui. Et la nuit étoilée la saisit. Oui, elle fut brusquement happée, prise d'un vertige fulgurant, presque douloureux. L'infini s'ouvrait devant eux.

Peu à peu, elle comprit. Cette impression n'était pas seulement visuelle, elle sollicitait d'autres sens. Sous son corps, la terre pesait, sphère lourde, fermée, immense. Et son regard, au même instant, embrassait un univers ouvert, lointain, illimité, fait d'autres mondes identiques à celui dont ils étaient prisonniers. Mais surtout, un chant continu rythmait ce fabuleux spectacle. Une mélodie interminable aux variations subtiles et pourtant à peu près semblables...

Les grillons.

Ils étaient là, dispersés, voisins ou éloignés. Ils semblaient appeler, se répondre en un harmonieux unisson. Leur chant nocturne était apaisé, mouvement lent différent de celui, vif et agressif, que le soleil les invitait à crisser.

– Je t'aime, imbécile, murmura-t-elle.

Tandis qu'il se penchait pour l'embrasser, elle repensa à Brad Pitt. Après tout, Max avait raison. Elle se souvenait mal de ce qu'elle lui avait dit. Pour avoir interrogé des centaines de témoins, elle savait la mémoire fragile.

– Logicielle ? Tu es là ? Non, tu n'es pas avec moi.

– Mais si.

À cette seconde, elle se sentit non seulement avec Max, mais en union avec l'univers entier. Pourtant, malgré elle, le fil de ses pensées continuait à se dévider. Ce moment privilégié formait un ensemble homogène. Quel souvenir en garderait-elle ? Car à l'image de toute chose, la mémoire se détériorait, se fanait. La mémoire, avait-elle lu un jour, n'est pas une sorte de réservoir comme on l'imagine trop souvent. C'est la capacité de faire revivre une séquence dix, cent, mille fois. Mais voilà, dès que le film se redéclenchait, certaines images étaient perdues, voilées, modifiées. Et puisqu'on se servait toujours de la dernière version du film pour se le projeter à nouveau, les modifications se multipliaient. Le cerveau n'avait pas les capacités numériques de l'informatique, grâce auxquelles étaient retrouvées et restituées sans erreur les informations d'origine.

D'un coup, elle se redressa.

– Max, tu as entendu ?

– Non. Quoi ?

– Au loin… on a crié !

En une seconde, ils furent sur pied.

16

– C'était par là, j'en suis sûre !

Logicielle saisit la torche électrique et s'élança.

– Attends-moi ! cria Max qui la suivait d'un pas mal assuré.

Un nouveau cri perça la nuit. Elle s'arrêta, haletante.

Plus rien. Si, là-bas, sur la pente de la colline, se devinait le bruit de fourrés qu'on écarte, de branches chahutées. Dans la nuit, elle entendit nettement une portière de voiture claquer.

Confusément, elle songea à Tran. Et à son ravisseur – mais pourquoi aurait-il commis la folie de rester ici ?

– Moins vite, Logicielle ! Je n'y vois rien, moi !

Sa torche brandie devant elle, elle courait sur le sentier caillouteux qui serpentait parmi les ceps morts et décharnés.

Une nouvelle fois, elle fit halte, à l'affût du moindre bruit. Trente ou quarante mètres face à elle, les phares d'une voiture jaillirent, hachés par l'enchevêtrement de nombreuses branches.

Il y eut un crissement de pneus, le rugissement d'un moteur emballé. Elle devina que le véhicule filait sur la route, s'éloignait, qu'il était hors de portée.

Une main agrippa son blouson. C'était Max qui l'avait rejointe.

À trois cents mètres de là, au sommet de la colline voisine, deux lumignons naquirent. Logicielle identifia la maison des Rozière. Les cris, le départ précipité de la voiture inconnue avaient réveillé le maire – et sûrement Germain.

Logicielle avança encore, s'empêtra dans une petite bambouseraie, et retrouva enfin sous ses pieds un semblant de sentier. Il conduisait directement à un cabanon de bois à moitié recouvert de végétation luxuriante, mangé par les vers, le temps, l'humidité.

En dix pas, elle le rejoignit, poussa la porte de planches disjointes qui pivota en grinçant un peu.

Elle braqua sa torche vers le fond de la pièce unique. Sur le sol de terre battue, une jeune fille à la longue chevelure noire, recroquevillée, gigotait, les mains ligotées derrière le dos, les pieds entravés. Près d'elle gisaient des assiettes en carton, quelques boîtes de conserve, trois bouteilles d'eau minérale et des calepins aux pages griffonnées.

Dès que Logicielle lui eut ôté le scotch qui lui barrait la bouche, elle se mit à hurler. C'était une série de cris perçants, aigus, rapides, haletants.

– Mon Dieu ! dit Logicielle en essayant de la prendre dans ses bras. Tran, tu ne risques plus rien, tu es libre, calme-toi !

Mais Tran ne se calmait pas. De ses yeux noirs et immenses, elle fixait à présent ses sauveteurs avec une expression d'effroi. Et hurlait. Sans discontinuer. Avec une vigueur dont on ne l'aurait pas crue capable, elle bascula sur le côté et se frappa le front contre la paroi de bois une, deux, trois fois. Des coups violents, ardents, réguliers.

Logicielle se précipita pour l'arrêter.

– Max ! Aide-moi à la maintenir, veux-tu ?

Elle détacha les mains puis les pieds de la prisonnière et reconnut l'embrasse des doubles rideaux du studio de Guy Gata.

Contrairement à ce qu'elle avait redouté, Tran ne la griffa pas, ne fit pas avec les bras des moulinets affolés, elle continua de hurler.

Logicielle s'assit face à elle, la regarda et lui sourit.

Au bout de quelques secondes, Tran s'arrêta.

D'un coup.

Maintenant, elle observait d'un regard stupéfait celle qui l'avait délivrée.

– Tout va bien, Tran, murmura Max à voix basse.

Elle recommença à crier. Logicielle se retourna pour intimer à son adjoint l'ordre de s'éloigner quand elle comprit ce qui avait effrayé la prisonnière. Paul Rozière et Germain Germain-Germain venaient d'entrer dans la cabane à leur tour.

– Bon sang ! grommela le maire. Qui est-ce ?

– L'otage de l'assassin ! hurla Germain pour se faire entendre. Dieu merci, elle est vivante !

Il voulut avancer mais il s'entrava les pieds dans le pyjama trop grand que le maire lui avait prêté. Il trébucha à deux pas de Tran qui hurla encore plus fort.

– Partez ! ordonna Logicielle. Laissez-moi seule avec elle !

Il fallut un bon quart d'heure pour que Tran parvienne à se rasséréner. Logicielle lui parlait doucement, mesurait chacun de ses gestes.

Brutalement, Tran se mit à pleurer. Ses pleurs avaient la même vigueur que ses cris. Ce n'était pas du chagrin mais un désespoir infini. Logicielle la prit dans ses bras et la cajola, jusqu'à ce qu'elle s'apaise et accepte enfin de sortir de la cabane.

– C'est fini, Tran, tu ne risques plus rien, lui répétait-elle en lui désignant les trois hommes qui l'observaient. Nous sommes de la police. La police, tu comprends ?

Oui, Tran hocha la tête, elle comprenait ! Mais elle ne semblait pas capable de s'exprimer autrement que par mimiques ou par gestes. Pour la première fois, elle sourit. C'était un sourire immensément triste. Semblable à un sanglot.

– Elle n'a pas l'air si idiote que Babar le prétendait ! reprit Max.

– Elle ne l'est pas du tout, affirma Logicielle. Elle n'est pas non plus muette. À mon avis, elle souffre d'une forme d'autisme, ce que confirmeraient ses extraordinaires capacités de calcul. Le fait d'être arrachée à sa famille, son pays, ses amis, n'a pas contribué à l'équilibrer ni à la guérir. Dieu seul sait ce qu'elle a bien pu subir !

– Dommage que l'assassin nous ait échappé, reprit Germain. Car c'était lui, n'est-ce pas ? Quand j'ai aperçu la voiture filer, il était loin. Le miracle, c'est qu'il ait laissé son otage...

– À trois cents mètres de chez moi ! coupa Rozière. Quel toupet !

– ... car il aurait eu mille fois l'occasion de la supprimer.

– Un miracle ? Non, expliqua Logicielle en désignant les calepins. Le meurtrier avait besoin d'elle. C'est toi, Tran, qui as écrit sur ces feuilles, n'est-ce pas ?

La jeune fille hocha la tête.

– Viens avec nous, dit Logicielle en la saisissant doucement par le bras. Tu vas prendre une douche, mettre des vêtements propres et secs. Et essayer de dormir un peu.

Elle fit signe aux hommes de partir devant.

Une fois chez Guy Gata, Tran accepta d'entrer dans la salle de bains. Elle prit un bain sans aide pendant que Max partait à la recherche de vêtements ; mais il n'y avait rien à sa taille dans la maison de l'informaticien. Il alla demander du linge plus adapté à la femme de Paul Rozière.

Quand Logicielle invita Tran à se fourrer sous les draps du lit que Max avait préparé pour elle, dans la plus jolie des chambres de la maison, il était 4 heures du matin.

Docile, la jeune fille s'allongea et resta immobile, raide comme un piquet. À en juger par son regard étonné, elle n'était pas disposée à fermer l'œil. Logicielle désigna à Max, près de la porte, un fauteuil.

– Je vais me reposer un peu ici, dit-elle. Toi, essaie d'aller dormir.

Elle s'assit le plus confortablement possible, face au lit.

Au bout d'une demi-heure, elle sursauta et comprit qu'elle s'était assoupie. Tran était toujours allongée. Mais sa surprise fut grande en apercevant la fenêtre de la chambre qui, à présent, était ouverte. La jeune fille s'était donc levée en silence et Logicielle n'avait rien entendu. Tout à coup, dans le faux silence de la nuit, elle devina ce qui l'avait poussée à exécuter ce geste...

Les grillons.

Figée, Tran était à leur écoute. De tout son être, elle piégeait les multiples et complexes pulsations des insectes, oui, c'était évident. Elle évoluait dans un autre univers, lointain, inaccessible.

– Cette fois, je ne te quitte plus des yeux ! murmura Logicielle à mi-voix en lui adressant un sourire confiant.

Elle observa Tran un long moment, songeant aux enregistrements des clés USB. À l'immensité du cosmos. Aux calculs astronomiques que des ordinateurs et des hommes peinaient à déchiffrer. Et au chant simple et continu des grillons, qui la berçait.

Longtemps, Logicielle lutta contre le sommeil.

Bien sûr, elle s'endormit...

Quand elle se réveilla en sursaut une nouvelle fois, l'aubc pointait. Il était 6 heures.

Affolée, elle se redressa dans son fauteuil.

Tran était assise sur le lit, un oreiller calé contre le dos. Elle avait un carnet posé sur ses genoux et dans sa main gauche un crayon.

D'un bond, Logicielle fut à ses côtés.

– Tran ! Mais qu'est-ce que tu fais ?

Un bref examen du calepin lui livra aussitôt la réponse.

Des calculs.

Pendant que Logicielle dormait, Tran avait aligné des colonnes et des colonnes de chiffres.

17

– Tu es sûre qu'elle ne peut pas nous livrer le nom de l'assassin ? demanda Max en jetant un coup d'œil dans le rétroviseur.

Il avait pris le volant de la Twingo, laissant l'arrière à ses deux passagères. Ils étaient partis à 9 heures du matin, après avoir rejoint la maison des Rozière où ils avaient partagé le petit-déjeuner avec Germain.

Logicielle se tourna vers la jeune fille.

– Celui qui t'a séquestrée, Tran, à quoi ressemblait-il ? Essaie de nous le décrire !

La jeune fille haussa les épaules, désigna le blouson de Max posé sur le siège puis entoura son cou avec ses longs cheveux. Des gestes que Logicielle parvint à traduire.

– C'était un homme, il portait un imperméable et une longue écharpe.

– Sans doute pour éviter qu'on ne voie sa tache de vin ?

– Comment savoir ? soupira Logicielle. L'assassin de Guy Gata est à ses yeux un inconnu.

– Et ces chiffres qu'elle a alignés toute la nuit ? demanda Max.

– Quand je l'interroge à ce sujet, elle se contente de me désigner le ciel ou l'extérieur. Si elle comprend le français, elle ne sait pas l'écrire.

Tran observait avec attention le paysage et les voitures que Max doublait. Elle avait attaché sa ceinture de sécurité sans qu'on le lui demande. Une ombre de sourire plissait parfois sa bouche. Ses traits étaient lisses et son visage détendu. Pourtant, Logicielle aurait juré qu'elle n'avait pas dormi.

Quand Max eut rejoint l'autoroute pour Paris, Logicielle prit dans son sac la revue *Nature & Environnement*, bien décidée à l'éplucher de A à Z. Elle l'avait à peine ouverte que son portable sonnait. C'était Sandrine Gata. L'hôtesse profitait d'une escale à Francfort pour s'informer.

– Oui, répondit Logicielle en souriant. Nous avons du nouveau, en effet ! Les événements se sont enchaînés très vite.

Elle révéla à l'hôtesse leur découverte de Tran dans la cabane de la colline et la fuite de l'assassin.

– À ce propos, Sandrine, nos soupçons se précisent. Est-ce que le nom ou le prénom de Tomo vous dit quelque chose ? Non, bien sûr. Et savez-vous si votre oncle connaissait un entomologiste ? Oui, un spécialiste des insectes ? Non ? Tant pis, merci.

Logicielle s'apprêtait à raccrocher quand son interlocutrice demanda des nouvelles de Tran. Comment se portait-elle ? N'avait-elle pas été traumatisée par ces événements ?

– La voir ? répéta Logicielle étonnée par cette demande. Ma foi, pourquoi pas ? Nous serons à la brigade de Saint-Denis dans l'après-midi. Oui, j'aimerais la confier à un médecin... Comment ? Bien sûr, si vous venez, nous vous la présenterons... Cela je l'ignore... Non, puisqu'elle n'a ni famille ni papiers... Écoutez, nous en reparlerons.

– Que veut-elle ? demanda Max après que Logicielle eut raccroché.

– Le sort de Tran préoccupe Sandrine. Elle atterrit à Roissy à 14 heures et elle aimerait la voir. À présent que son oncle est mort, elle se sent un peu responsable d'elle.

Si l'hôtesse la prenait en charge, Tran retrouverait plus vite une existence légale et une vie normale.

Le portable de Logicielle se remit à sonner. Cette fois, c'était Jean-François.

– Logicielle ? Hier, Max m'a demandé d'effectuer auprès de la SNCF une recherche sur l'achat d'un billet par carte bancaire. J'ai ton correspondant, tu ne quittes pas ?

– Max ? dit-elle sur un ton triomphal, nous allons enfin connaître le nom de l'assassin !

L'employé qu'elle eut en ligne ne l'entendait pas de cette oreille.

– En effet, lui dit-il, un retrait de 53,80 euros a été effectué hier matin, vendredi, à 5 h 37, à l'un des trois guichets automatiques de la gare d'Angoulême.

– Vous avez le numéro de la carte ?

– Oui. Mais je ne peux pas vous le livrer.

– Bon sang, mais pourquoi ?

– C'est une carte parfaitement en règle. Le compte est approvisionné. Il n'y a pas eu de délit. Si vous souhaitez une enquête approfondie avec recherche d'identité de son possesseur, il faut qu'il y ait plainte. Je n'ai le droit d'agir que sur la demande d'un juge. Je suppose que vous connaissez la procédure ?

Logicielle devina que l'employé ne plierait pas. Elle plaida pourtant :

– Le dossier est en cours. Vous vous doutez bien que la demande sera faite et que nous finirons par obtenir ce renseignement !

– Je suis désolé. C'est la loi.

– Alors peut-être pouvez-vous répondre à d'autres questions ?

– Lesquelles ?

– À quelle heure d'autres billets ont-ils été achetés avant et après celui-ci, sur les trois distributeurs de la gare ?

– Le précédent a été émis à 5 h 12, le suivant à 5 h 59.

À 5 h 12, l'assassin n'était pas arrivé. Et à 5 h 59, il était parti. Si Fred et Roxy n'avaient pas fait d'erreur, celui qui avait retiré le billet à 5 h 37 était l'homme qu'ils recherchaient. Une chance que les voyageurs du matin, qui possèdent une carte d'abonnement, achètent rarement des billets aux distributeurs automatiques !

– Autre chose. Pouvez-vous me dire si un billet pour le TGV de Paris coûte 53,80 euros ? En première ou en seconde classe ?

Après un silence, l'employé répondit :

– Non, ni l'un ni l'autre.

Logicielle était étonnée. L'assassin n'allait pas à Paris.

– En première classe, poursuivit l'employé, il faut débourser...

– Prenons le problème autrement, coupa-t-elle. Si j'achète à Angoulême un billet à 53,80 euros, quelle sera ma destination ? Notamment si j'ai un changement à Saint-Pierre-des-Corps.

– Là, protesta l'autre, c'est plus compliqué. S'agit-il d'un aller-retour ? Cela dépend ensuite des réductions dont vous disposez : carte vermeil, carte jeune...

– Aller simple. Aucune réduction. Plein tarif. Deuxième classe.

Elle doutait que l'assassin ait demandé un billet spécial week-end ou profité de ses congés payés.

– Vous pouvez patienter ? Je dois effectuer une recherche sur l'ordinateur.

– Effectuez, répondit-elle en domptant son impatience.

À côté d'elle, Tran continuait à griffonner des chiffres. Au bout de quelques secondes, Logicielle s'aperçut qu'il s'agissait de numéros minéralogiques. Sans doute ceux des véhicules qu'ils avaient croisés depuis leur départ de Rouffiac, une centaine… elle les avait mémorisés !

– J'ai trouvé, déclara enfin l'employé de la SNCF. Mais c'est un trajet en première classe.

– Dites toujours.

– Un aller simple Angoulême-Orléans.

Orléans ! La ville où avait lieu en ce moment le congrès d'entomologie ! Elle s'écria :

– Parfait. Avez-vous le détail des horaires ? Avec un départ par le TGV de 5 h 57 ?

– Oui. Arrivée à Saint-Pierre-des-Corps à 7 h 20, départ de Saint-Pierre à 8 h 13 et arrivée à Orléans à 9 h 31.

Logicielle remercia l'employé et faillit pousser un cri de victoire.

– L'assassin serait donc allé à Orléans ? demanda Max.

– Évidemment. Nous aurions dû y penser plus tôt. Sans doute fait-il partie des participants du congrès d'entomologie ! Les horaires correspondent parfaitement.

– Les horaires ?

– Réfléchis. Notre homme arrive avec sa prisonnière à Rouffiac dans l'après-midi. Il investit la maison de Gata et y fait le ménage. Le problème, c'est qu'il doit se trouver au congrès d'Orléans le lendemain à 10 heures.

– J'y suis, compléta Max. Il abandonne Tran dans la cabane et il file avec la Coccinelle.

– Trop dangereux d'arriver là-bas avec ce véhicule volé – et voyant. Il doit s'en débarrasser. Mais pas à Orléans, cela risquerait de mettre les enquêteurs sur sa piste ! Pour la brouiller, il abandonne le véhicule sur le parking de la gare d'Angoulême où, grâce au train de 5 h 57, il arrive à Orléans à 9 h 31. Il sera au congrès à 10 heures, dans les temps !

– Je ne comprends pas, fit Max en fronçant les sourcils. Il aurait participé au congrès pendant la journée d'hier ? Jusqu'à 20 heures ?

– Oui. Et sa première journée de congrès achevée, il doit revenir à Rouffiac, où il retient Tran prisonnière.

– Pourquoi ne l'a-t-il pas emmenée avec lui ?

– Difficile de s'introduire dans une chambre d'hôtel avec un otage bâillonné !

– Il doit aussi revenir pour nourrir son otage !

– Je crois qu'il s'intéresse surtout aux calculs qu'il lui a confiés.

– Tran effectuerait des calculs pour son agresseur ? s'étonna Max. Et il serait parti d'Orléans hier soir ?

– Oui. Il a dû louer une voiture là-bas. Mais en arrivant à Rouffiac, vers minuit ou 1 heure du matin, il n'a pas osé se risquer dans la maison. Peut-être a-t-il vu ma voiture. Ou aperçu de la lumière chez les Rozière.

– Qu'importe ! C'est Tran dont il a besoin, non ?

– Exact. Il la retrouve dans la cabane, espère lui extorquer les résultats des calculs qu'il lui a confiés. Mais nous entendons ses cris. L'assassin aperçoit la lumière de ma torche, il devine qu'il est repéré. Il préfère filer en abandonnant sa proie. Il nous a échappé de peu !

– Si je comprends bien, dit Max en consultant sa montre, l'assassin se trouve à cet instant précis au congrès d'entomologie ?

– Sans doute.

– Nous passons par Orléans, Logicielle ! Nous y serons vers... 14 heures !

– Que suggères-tu ? Nous entrons d'autorité dans la salle, nous crions : « Que personne ne sorte ! » et cherchons parmi les intervenants celui qui porte une tache de vin au cou ?

– Pourquoi pas ? D'ailleurs, si Tran nous accompagne, elle reconnaîtra son agresseur !

– Qu'elle le désigne du doigt constituerait une maigre preuve, soupira-t-elle. Songe que nous ne connaissons même pas son nom ! Il nous faudrait des éléments plus concrets pour confondre l'assassin en public.

Elle imaginait déjà la scène. Un tel coup de théâtre aurait été très séduisant. Mais si l'assassin n'était pas identifié et confondu avec certitude, c'est elle qui serait tournée en ridicule. Elle hésitait à prendre un tel risque.

Le silence qui s'était réinstallé fut rompu par Max qui avait branché sa nouvelle station préférée. Après trois minutes de techno intense, Logicielle cria grâce. Max soupira :

– C'est bon, je vais mettre un CD.

Il en saisit un au hasard dans la boîte à gants et le glissa dans le lecteur. Au bout de quelques secondes, les haut-parleurs ne diffusant aucun son, il jeta un coup d'œil sur le voyant de l'appareil.

– Bizarre, ton autoradio n'arrive pas à le lire.

– Qu'est-ce que tu as choisi ?

– Un des disques de Big Bug. *Les Quatre Saisons* de Vivaldi. Tiens, voilà la pochette.

Il retira le CD et, tout en conduisant, examina le recto et le verso. Le CD ne portait aucune mention.

– Pas étonnant, Logicielle ! C'est une copie ! Ton lecteur ne sait pas les décoder.

– Qu'est-ce que tu crois ? Mon lecteur lit les copies et même le MP3 !

Soudain, elle bondit sur son siège et se pencha vers le conducteur pour lui arracher le disque des mains. Ce CD faisait partie du lot récupéré dans la boîte à gants de la Coccinelle.

– Max ! Ce serait un miracle mais… non. Ça ne peut être que ça !

Elle tournait et retournait l'objet. Une copie que son lecteur d'autoradio ne pouvait pas lire. Elle se souvint des boîtiers vides retrouvés dans le living de la victime et murmura :

– Ah, si j'avais pensé à emporter mon ordinateur portable. Il faut absolument que…

Il allait être midi. Ils n'arriveraient à Paris que dans trois heures.

– Max ! Nous devons nous arrêter, vite ! J'ai besoin d'un ordinateur.

– Bigre ! Sur ce type de trajet, c'est difficile à trouver.

– Là, une sortie pour Poitiers ! Prends-la, Max !

Son adjoint obéit. La Twingo suivit la direction du centre-ville.

– Tu en as souvent, des lubies pareilles ? protesta-t-il.

Ils finirent par découvrir un petit cybercafé rue Jules-Ferry. À cette heure, la plupart des machines étaient disponibles.

Max et Tran s'étaient serrés l'un contre l'autre derrière Logicielle qui, cœur battant, venait de glisser le mystérieux CD dans le lecteur de l'appareil. Elle cliqua sur les icônes qui s'affichaient sur l'écran et faillit sauter de joie.

– Oui, c'est un back-up, Max ! Une des copies du disque dur de Guy Gata ! Elle était dissimulée au milieu de CD ordinaires !

Le back-up, très récent, datait du 6 mai. L'informaticien avait donc prévu d'emporter à Rouffiac une copie de son disque dur. Par chance, l'assassin avait cru qu'il s'agissait là d'un banal CD de musique classique.

Fébrile, Logicielle explorait le contenu des fichiers.

– Ici, du son. Encore du son. Voyons…

Dans la pièce jaillit, en stéréophonie, un paysage sonore désormais familier, celui d'une campagne déserte écrasée de soleil.

– Des grillons, toujours des grillons, maugréa Max.

À côté de lui, Tran poussa un petit cri et sourit. Sa bouche, entrouverte, murmurait une mélopée muette. Logicielle devina qu'elle se livrait à un inexplicable calcul mental.

– Pardonne-moi, lui dit-elle, mais je cherche autre chose… Là, les mails ! Enfin, nous les avons. Voyons la liste.

Le nombre de messages contenus dans le fichier était impressionnant. Un millier.

Max, qui suivait avec difficulté les procédures qui se succédaient, protesta :

– Ne va pas si vite ! Et puis je suis trop loin de l'écran pour lire ! Alors, tu retrouves les premiers mails échangés entre Tomo et Gata ?

– Oui. Ils sont là, ils datent de plus de dix-huit mois.

Au départ, le ton de l'entomologiste ne semblait guère amical...

Monsieur Gata,

Je n'ai guère apprécié votre intrusion sur le forum Internet qui n'aurait dû rassembler que des généticiens professionnels. Le questionnaire que vous m'avez imposé pour vérifier que je suis bien un spécialiste des insectes me semble ridicule. Et inefficace. N'importe quel amateur connaît De Geer et Roesel von Rosenhof. Quant à la classification de Latreille, voilà longtemps qu'elle n'a plus cours. Rares sont les entomologistes à avoir fréquenté le centre de Lamaboké. S'être déplacé en Guinée ne constitue d'ailleurs pas une garantie ! D'autre part, je n'apprécie guère votre manie du secret. Je m'engage simplement, comme vous me le demandez, à ne rien divulguer des prétendues révélations que vous souhaitez me faire. Mais si elles me paraissent fantaisistes, j'abandonnerai cet échange. J'ai un métier, des responsabilités et peu de temps à perdre.

Tomo

Logicielle repéra, le lendemain de cet envoi, la réponse de Gata.

Cher Tomo,

Je comprends votre irritation. J'ai moi aussi un métier et des responsabilités. Mais ce que je viens de découvrir nécessite la collaboration et l'appui d'un spécialiste à la fois de la génétique et des grillons. Si vos connaissances corroborent mon hypothèse, nos deux noms seront bientôt associés à l'une des plus grandes découvertes de tous les temps. Il me faut simplement l'assurance formelle de votre totale discrétion. Et de votre aide sincère et entière. Si une totale confiance mutuelle ne s'instaure pas entre nous, notre projet ne pourra pas aboutir.

– Eh bien, grommela Max, ce style nous change du ton des chats habituels ! En somme, Big Bug se serait introduit dans un chat fréquenté par des généticiens pour recruter ce mystérieux Tomo ? Et qu'a-t-il répondu ?

« J'attends vos révélations fracassantes. Et je maintiens mes engagements. »

– Plutôt bref !

– Oui, dit Logicielle. En revanche, la réponse de Gata est conséquente.

Au fur et à mesure qu'elle lisait, ses hypothèses se transformaient en certitudes. Impatiente, elle fit dérouler le texte à une cadence accélérée.

– Moins vite ! supplia Max.

– C'est fou ! bredouillait Logicielle. C'est complètement fou !

Des deux, Gata était toujours le plus bavard. Enthousiaste, expansif, sans malice, parfois d'une naïveté désarmante, l'informaticien ne cachait rien de ses recherches et de ses résultats. À l'inverse, l'entomologiste-généticien se montrait, au fil du temps, méfiant, secret, retors, exigeant. Les motifs du crime se devinaient là, en filigrane, dans l'écart de ton qui séparait les deux hommes, des mobiles si évidents durant leurs derniers échanges que Gata aurait dû se douter qu'il était en danger.

La tête en feu, Logicielle ferma les derniers fichiers et éteignit l'ordinateur. Elle se tourna vers Max pour s'excuser de la précipitation avec laquelle elle avait agi. Mais son adjoint avait renoncé à tenter de suivre le texte qui défilait sur l'écran. Assis à côté de Tran, il lisait *Nature & Environnement*. Il releva la tête et, sur un ton péremptoire, déclara :

– Eh bien voilà... j'ai gagné.

Elle mit un certain temps à sortir de son rêve éveillé. Ce qu'elle venait d'apprendre l'avait tant bouleversée ! Elle bredouilla :

– Gagné ? Qu'est-ce que tu as gagné, Max ?

– Mon pari. Tu es bonne pour un gage, Logicielle. Je connais le nom de l'assassin.

18

– Tu as triché ! s'écria-t-elle en désignant la revue.

– Moi ? Tu as du culot ! Tu monopolises l'ordinateur et tu gardes les infos pour toi ! Que voulais-tu que je fasse ?

– Soit. J'admets ma défaite. Je t'écoute.

– D'après toi, pourquoi le correspondant de Gata a-t-il choisi le pseudo TOMO75 ? Je parle bien sûr du chiffre.

– Parce qu'il habite Paris, je suppose ?

– Tu brûles. Mais c'est très incomplet.

Max savourait sa victoire. Sûr de son effet, il désigna la liste des intervenants du congrès.

– Parce que cet entomologiste s'appelle Deparis ! Jean Deparis.

Elle resta bouche bée.

– TOMO75, répéta-t-il. Soixante-quinze, de Paris, tu y es ? Ou ça te paraît trop simple ?

– Non, admit-elle. Ça se tient.

Le dépit d'avoir été doublée l'emporta sur le plaisir de savoir l'assassin identifié. Elle ravala sa rancœur pour murmurer :

– Ce Jean Deparis se trouve donc en ce moment à Orléans.

– Mieux. Il fait partie du comité de rédaction de *Nature & Environnement*. Il y est chef de rubrique.

Elle se souvint que Gata, la semaine précédente, avait appelé la direction de la revue.

– Maintenant, reprit-il, je pense que tu es convaincue ?

– Oui, Max.

Elle réfléchit. Elle possédait le nom de l'assassin et une copie intégrale des mails qu'il avait échangés avec Gata. Sa décision fut vite prise, elle brandit les clés de sa Twingo.

– Finalement, nous allons faire une petite halte à Orléans.

– Stop ! ordonna Max en lui désignant l'ordinateur. On peut vérifier que ce Deparis est celui que nous soupçonnons. La revue *Nature & Environnement* possède sûrement un site ?

– Tu as raison, ça vaut la peine d'essayer.

Une minute plus tard, elle en étudiait le sommaire.

– Voyons… La liste des articles depuis le numéro un, l'éditorial de mai… Ah, voilà : les collaborateurs de la revue. Tu avais raison, Max. Il y a une galerie de photos. Mais…

Elle suspendit son geste et se tourna vers son adjoint qui, penché par-dessus son épaule, observait l'écran.

– … mais Jean Deparis n'aura pas de tache de vin ! J'en mets ma main à couper.

Max, éberlué, perdit sa contenance d'un coup. Elle sourit, elle avait fait naître un doute dans son esprit !

– Hein ? Pourtant, tout à l'heure, tu semblais aussi sûre que moi de…

– Je relance le pari, Max. Si j'ai raison, tu as perdu et c'est toi qui me dois un gage. Entendu ?

Il hésitait. Elle le vit murmurer :

– TOMO75, Deparis…

Il décréta finalement :

– Pari tenu, je ne risque rien. Il a cette tache de vin !

– Voyons… Rédacteur en chef, rédacteur adjoint, secrétaires, chefs de rubrique… voilà. Jean Deparis. À quoi ressemble-t-il ?

L'écran dévoila une photo couleur. L'homme, au front dégarni, arborait un sourire prétentieux au-dessus d'un menton volontaire. Avec son teint bronzé et ses traits lisses, il avait l'allure d'un play-boy sur le retour. Mais il n'avait aucune tache de vin.

– Désolée, Max, tu as perdu.

Il était stupéfait, bafouillait :

– Ce n'est donc pas lui ? Mais alors…

– Pour gagner, toutes les feintes sont permises, non ?

– Bon sang, Logicielle, qui est l'assassin ?

– Nous serons à Orléans dans deux heures. En voyant Jean Deparis, tu comprendras.

Ils se tournèrent vers Tran qui les regardait se chamailler avec une indulgence amusée.

D'autorité, Logicielle prit le volant. Max avait entrepris d'éplucher une seconde fois la revue.

Après avoir dépassé Tours, elle confia le portable à son adjoint.

– Tu vas te faire un plaisir d'appeler Sandrine. Informe-la que notre rendez-vous à la brigade est reporté.

Max tomba sur le répondeur, l'hôtesse devait être en vol. Il lui laissa un message et se perdit en détails.

– ... car l'assassin participe au congrès mondial des entomologistes, à Orléans. Nous y allons tous les trois pour essayer de l'appréhender sur place. Euh... nous vous tiendrons au courant, je vous rappellerai !

– Puisque tu sembles en grande forme téléphonique, Max, essaie de joindre la brigade et de convaincre notre cher Delumeau de téléphoner au palais des congrès. Si notre arrivée n'y est pas annoncée, je crains, malgré nos cartes professionnelles, que nous n'ayons certaines difficultés à entrer.

– Tu parles d'une corvée !

C'était vrai. Dès que Max eut le commissaire en ligne, il lui fallut user tour à tour de ruses et de supplications.

– Mais si patron, l'assassin est là-bas ! Oui, nous en sommes certains. Bien sûr que nous agirons avec discrétion ! Il faut simplement qu'on nous laisse entrer. Le directeur du congrès ? Martin Triton ! Mais non, ce n'est pas une blague ! Comment ça, un blâme ?

Il pâlit et se pencha à l'oreille de Logicielle :

– Delumeau espère que tu ne te trompes pas. Sinon, nous serons affectés dès lundi à la circulation municipale !

Logicielle avait eu raison de prendre ses précautions. À peine arrivés à Orléans, il leur fallut se battre pour obtenir une place dans le parking réservé aux participants.

À l'entrée du congrès, ils durent montrer patte blanche. Le responsable de la sécurité, un géant en uniforme bleu nuit bardé de badges et de portables, leur adressa un sourire calibré et un salut militaire déplacé.

– Vous êtes attendus. Je vais vous conduire dans la salle du congrès. On m'avait annoncé deux personnes. Vous êtes trois ?

– Oui. Cette jeune fille nous accompagne.

Après avoir parcouru d'immenses couloirs déserts, leur guide poussa une porte à double battant. D'un coup, ils débouchèrent dans un auditorium gigantesque où deux mille spectateurs attentifs étaient assis.

La plupart prenaient des notes, les coudes posés sur la tablette rabattue de leur accoudoir. Tous fixaient l'immense tribune vivement éclairée par des projecteurs. Là, derrière une table sur laquelle alternaient bouteilles d'eau minérale, plantes vertes et micros, siégeaient une douzaine de personnes. L'une d'elles, une femme aux cheveux blancs, évoquait les ommatidies qui composent les yeux à facettes de la plupart des insectes, et dont seule la juxtaposition permet au cerveau de l'animal de décoder le paysage ambiant.

Malgré elle, Logicielle vit dans l'ommatidie la métaphore du chant du grillon tel que l'avait sûrement perçu Guy Gata : un signe minuscule, stérile et dénué de sens mais qui, joint à l'ensemble des stridulations de ses congénères, prenait sens.

– Vous êtes les policiers annoncés ?

Logicielle, dont l'attention avait été happée par le discours de l'oratrice, se tourna vers l'individu râblé en moustache rousse et smoking noir qui venait de lui chuchoter la question.

– Je suis Martin Triton, précisa-t-il.

L'habit ne seyait pas à ce petit bonhomme trapu. Logicielle l'imaginait plus volontiers en short et maillot de corps, sur un ring. Il avait le physique d'un lutteur de foire.

– Très honorée, répondit-elle à voix basse.

Le silence qui régnait dans l'auditoire étant

impressionnant, les nouveaux venus se firent le plus discrets possible, debout dans cette travée située près du podium. En levant les yeux vers les gradins supérieurs, Logicielle aperçut, affairés auprès d'une grosse console, les techniciens de la télévision. L'organisateur du congrès suivit son regard et expliqua :

– Les interventions sont enregistrées, elles seront diffusées sur la cinquième chaîne.

Il consulta sa montre, réprima un soupir et reprit en désignant la brochette de journalistes assis au premier rang :

– Mon gros souci, voyez-vous mademoiselle, c'est la conférence de presse prévue pour 15 heures, c'est-à-dire dans trois minutes. Le spécialiste qui m'avait demandé une heure pour ce communiqué spectaculaire a déclaré forfait à midi. Je n'ai pas encore prévenu le public de ce contretemps et je suis très...

– Attendez, coupa Logicielle en blêmissant. Ce spécialiste... il n'est pas présent ?

– Si, il est là, affirma Triton avec un geste vers le podium.

Logicielle identifia l'homme grâce à sa calvitie ; il était assis en bout de table, côté jardin.

– Mais il ne veut plus prendre la parole, poursuivit l'organisateur. Je vais devoir imposer une pause aux congressistes. La déception de la presse nous fera le plus grand tort. Quand je pense à toute la publicité qu'il a exigé de faire...

Sur la scène, l'oratrice aux cheveux blancs se leva et quitta la table, sous les applaudissements nourris et continus du public.

– Ce spécialiste, demanda Logicielle, c'est bien Jean Deparis ? L'un des collaborateurs de votre revue ?

L'organisateur faillit en avaler sa moustache.

– Comment avez-vous obtenu cette information ?

– Monsieur Triton, cette communication sur laquelle vous comptiez tant...

Logicielle marqua un temps et déclara, en feignant une assurance qu'elle n'avait pas :

– ... je me propose de l'effectuer. Avec l'appui forcé de Jean Deparis. C'est lui que je dois appréhender.

– Lui ?

Il fallut plusieurs secondes au petit homme pour digérer ce scoop, le temps que les applaudissements s'apaisent. Dans le silence revenu, deux mille regards bifurquèrent vers Martin Triton. Les participants attendaient qu'il passe la parole au mystérieux orateur de la communication sur *La mémoire vive des grillons*.

Objet de toutes les attentions, Triton hésita. Il fixa Logicielle un bref instant, soupesant les capacités de ce jeune lieutenant de police. Puis il lui broya l'épaule et, à voix haute, déclara :

– Soit. Je vous donne carte blanche, mademoiselle ! Venez.

Il intima au chef de la sécurité l'ordre de garder l'issue par laquelle ils étaient entrés. D'un geste Logicielle fit comprendre à Max qu'il devait veiller sur Tran. Puis elle mit ses pas dans ceux de Martin Triton qui gravit rapidement les marches du podium. Il saisit un micro, s'éclaircit la voix et lança :

– Chers amis et chers collaborateurs, je sais que vous êtes impatients d'entendre enfin cette communication exceptionnelle sur *La mémoire vive des grillons...*

Il marqua un temps, espérant que de vagues murmures lui donneraient un délai pour mûrir son discours. Il déplora que le silence fût total et l'attention générale aiguë.

Logicielle passa derrière la table où les intervenants étaient assis. En quelques pas, elle parvint dans le dos de Jean Deparis. La tache de vin, sur son cou, remontait en effet jusqu'à l'oreille gauche, dont le rouge sombre du lobe tranchait avec la pâleur du visage.

– Mais, euh... des événements imprévus ont modifié notre programme, poursuivait le directeur du congrès. La personne qui devait livrer la révélation spectaculaire pour laquelle vous vous êtes déplacés en si grand nombre, cette personne s'est récusée.

Cette fois, une houle de mécontentement naquit, grandit, se répandit parmi les gradins. Martin Triton leva la main.

– Je préfère passer la parole à quelqu'un qui vous donnera, je crois, les éclaircissements que vous attendez. C'est à vous, mademoiselle...

– Laure-Gisèle Beffroy, précisa-t-elle en saisissant le micro posé devant Jean Deparis. Je suis lieutenant de police.

Un frémissement parcourut la salle. Elle reprit :

– Et je tiens à vous rassurer. Cette communication sur la mémoire vive des grillons, vous l'aurez. Je m'y engage. Par chance, la personne qui devait l'assurer est ici, à mes côtés.

Jean Deparis sursauta, se retourna et fit mine de se lever. Logicielle l'obligea à se rasseoir.

– Il s'agit de M. Jean Deparis, entomologiste et chef de rubrique de la revue *Nature & Environnement*. Mais voilà : Jean Deparis n'est pas parvenu à ses fins. Longtemps, il a travaillé dans l'ombre avec un fidèle collaborateur. Jusqu'au bout, il a espéré récolter seul les fruits de leur travail commun.

Elle marqua un temps avant d'ajouter :

– Il a échoué.

Figé, l'homme faisait face à la foule qui l'observait.

– Pour acquérir cette gloire qui lui échappe aujourd'hui, affirma-t-elle, Jean Deparis n'a pas hésité à tuer. À deux reprises. Je suis venue ici l'accuser du meurtre du peintre Krystian Rajeski et de l'informaticien Guy Gata.

19

Cette fois, Jean Deparis se leva en force, saisit le micro posé devant son voisin, prit l'assemblée à témoin et affirma :

– Cette femme est folle !

Puis, tournant ses regards vers Martin Triton resté à l'écart sur le podium, il quêta un appui.

Mal lui en prit.

À la mine sévère de l'organisateur, impassible, à l'attitude quasi menaçante du chef de la sécurité, l'entomologiste comprit que cette inconnue surgie de nulle part n'effectuait ni un coup de force ni un coup de bluff. Elle avait été introduite ici avec l'accord des autorités du congrès.

Logicielle brandit devant le nez de Jean Deparis la pochette du disque de Vivaldi. Elle en sortit le CD et, hors micro, murmura :

– Quand vous êtes parti à Rouffiac avec la Coccinelle de votre victime, vous avez négligé ce disque. C'est le back-up que vous cherchiez, il contient tous les mails que vous avez échangés avec Guy Gata !

Puis elle extirpa de sa poche deux objets minuscules, ajouta :

– Dommage que vous n'ayez pas trouvé ces clés USB dans son bureau de la BEE. Elles contiennent des enregistrements du chant des grillons. Ce sont eux qui vous ont… grillé.

L'entomologiste se levait, s'asseyait, hésitant entre la résignation et la fuite.

– Sans parler de cette jeune fille que vous avez croisée deux fois dans les escaliers, le 11 mai dernier dans l'après-midi. Elle vous a vu, monsieur Deparis, elle pourra vous identifier. Comme vous identifieront les voleurs de la Volkswagen qui vous surveillaient, hier matin à 5 heures et demie, dans le hall de la gare d'Angoulême.

Durant les quarante secondes de ce monologue, une étonnante effervescence avait envahi la salle : cris, exclamations et questions se succédaient dans les gradins. Les journalistes, au premier rang, s'étaient rapprochés du podium pour mitrailler de leurs flashes Logicielle, Deparis et Triton.

Ce dernier leva les deux mains pour imposer le silence tandis que Logicielle murmurait à l'accusé :

– Vous vouliez avoir la vedette, monsieur Deparis ? Vous l'avez ! Et si vous n'en profitez pas pendant l'heure qui suit, vous ne trouverez plus une occasion pareille. Car vous serez en garde à vue dès que vous sortirez d'ici.

Triton se rapprocha de Logicielle et, tout en regardant le public, il lança au micro :

– Ces accusations sont graves, mademoiselle ! Pouvez-vous nous livrer les preuves que vous avez rassemblées et qui vous rendent si péremptoire ?

Le public se tut aussitôt. Triton prit alors place entre Logicielle et Deparis. Il semblait ravi. L'entomologiste, lui, était devenu si pâle que sa tache de vin s'en assombrit d'autant.

– L'informaticien Guy Gata, commença Logicielle, avait deux passions : les calculs et les sciences de la Terre. Il avait acquis la certitude que notre planète, autrefois, avait été colonisée ou visitée par des extraterrestres. Cette conviction lui avait été suggérée par le film ou le récit *2001, l'Odyssée de l'espace*. C'est ce qu'il explique dans ses premiers mails au généticien qu'il a recruté sur Internet. Un correspondant dont le pseudonyme était TOMO75, et qui prit d'abord Gata pour un doux rêveur ou un fumiste. Pourriez-vous, monsieur Deparis, évoquer ces premiers échanges ?

L'homme hésita peu. Ce que venait de révéler Logicielle lui donnait la preuve qu'elle en savait assez pour lui éviter de nier plus longtemps. Il s'éclaircit la voix, fixa l'auditoire d'un regard aigu et déclara :

– Je pense que la plupart d'entre vous connaissent *2001, l'Odyssée de l'espace* ? Il y est développé une hypothèse fantaisiste, de l'ordre de la science-fiction… La voici.

Contrairement à ce que laissaient supposer sa stature, son âge et sa calvitie, l'entomologiste avait une voix de fausset. Une voix fluette et dérisoire, sans rapport avec le ton pompeux des mails qu'il adressait à Guy Gata.

– Deux millions d'années avant l'apparition de l'homme, notre Terre a été visitée par des extraterrestres évolués. Après avoir donné un coup de pouce génétique à de grands singes, ces visiteurs abandonnent un monolithe sur la Lune. Si de la mutation qu'ils ont provoquée naît un jour une espèce intelligente et évoluée, leurs représentants finiront par conquérir l'espace. Et par découvrir le monolithe. En 2001, c'est ce qui se produit... Une fois manipulé, l'objet émet automatiquement un signal vers le monde des généreux visiteurs, les informant que l'espèce qu'ils ont voulu faire progresser est parvenue à un stade d'évolution avancé. Toujours aussi bien intentionnés, les extraterrestres jugent nécessaire de revenir sur la Terre pour donner un nouveau coup de pouce à l'espèce en question. En l'occurrence l'Homo sapiens.

– Quel rapport avec les grillons ? s'impatienta Martin Triton.

– Eh bien voilà... Gata s'était inspiré de l'hypothèse développée dans *2001* ! Il était persuadé que des êtres évolués étaient autrefois venus sur Terre et qu'ils y avaient laissé des traces de leur passage, traces destinées à être décodées par les futures espèces intelligentes qui s'y développeraient.

– Il y a longtemps, c'est-à-dire ? demanda l'organisateur du congrès.

– Selon Guy Gata, poursuivait l'entomologiste, si ces traces étaient correctement décodées et interprétées, elles permettraient à leurs découvreurs d'effectuer de fabuleux progrès, et d'accéder à un niveau de connaissance insoupçonné.

– À l'échelle des temps astronomiques, dit Logicielle à l'intention des futurs téléspectateurs, longtemps, ce n'est pas mille ans mais des millions, des centaines de millions d'années !

Les yeux de Jean Deparis se mirent à briller. Logicielle comprit alors qu'il avait cru à l'hypothèse folle de Guy Gata. Mieux, qu'il y croyait encore. Et le fait d'expliquer en public cette fabuleuse hypothèse balayait ses doutes et renforçait sa conviction.

– Si ces visiteurs nous ont laissé un message, reprit-il avec une vigueur inattendue, quelle garantie ont-ils pu prendre pour qu'il perdure ? Ont-ils, comme l'ont cru un grand nombre d'illuminés, sculpté les façades des montagnes, édifié des pyramides, abandonné des statues géantes ou des alignements de monolithes ? Bien sûr que non ! Car les pierres sont soumises à une érosion rapide. Le métal se corrode. Et quelle énergie permettrait de nourrir indéfiniment un émetteur identique à celui de *L'odyssée de l'espace* ? Au bout de trente mille ans, même une pile atomique finit par s'épuiser ! C'est là qu'intervient Guy Gata, et son intuition géniale... Et c'est là, chers amis et confrères entomologistes, que nous sommes tous concernés !

Les deux mille auditeurs étaient suspendus aux lèvres de Jean Deparis. Passionné par ce sujet qui avait accaparé ses efforts durant de longs mois, il se laissait prendre au jeu et débitait la conférence qu'il avait longuement préparée.

– Or, pour transmettre, la nature a rodé pendant des millions d'années un moyen redoutablement efficace : la génétique. À condition de choisir une espèce peu sensible aux mutations, elle apparaît comme le seul vecteur capable de perpétuer un message. Le message serait donc transmis par des êtres primitifs destinés à peu évoluer : les insectes. Restait à choisir le mode de transmission. Car il existe divers moyens de communiquer : la vision, l'ouïe, l'odorat, le goût, le toucher... Ceux qui nous ont laissé un message ont sûrement utilisé toutes ces possibilités. Ils n'ont pas envoyé une seule bouteille à la mer mais des milliers. Avec l'espoir que nous en découvririons au moins une. Ce qui signifie que la piste des insectes et du son, celle qui nous intéresse, n'est sûrement pas la seule. En détecter plusieurs autres serait fabuleux.

Non seulement parce que cela confirmerait notre hypothèse, mais aussi parce que deux ou trois types d'informations conjointement décodées nous ouvriraient de nouvelles voies !

Triton, qui lissait sa moustache rousse, jeta sèchement :

– Et les grillons ?

Jean Deparis se pencha vers le micro et poursuivit :

– Des années durant, Guy Gata avait enregistré les cris des grillons. Cri est un terme impropre puisque ces insectes, vous le savez, émettent un signal plus ou moins régulier en frottant leurs élytres. Je vous vois hausser les épaules. Car ces frottements aléatoires semblent guidés à la fois par la saison, la température, le degré d'humidité, le désir de reproduction – et mille autres raisons que nous étudions depuis trois siècles. Eh bien vous vous trompez. Nous nous trompions.

L'entomologiste releva la tête, et jeta, tel un défi :

– Les signaux qu'ils émettent sont cohérents.

Dans la salle, ce fut un vrai tollé. Au point que Martin Triton s'empara du micro et menaça de la faire aussitôt évacuer.

– Ils sont cohérents ! répéta Jean Deparis dans le calme revenu. Bien sûr, les grillons n'ont pas conscience de transmettre quoi que ce soit. Mais ils ont été programmés pour cela il y a des millions d'années. Le problème, c'est que la stridulation unique d'un grillon ne signifie rien. C'est la réponse additionnée de ses congénères, les temps alternés de silence et de transmission de dizaines, de milliers de grillons qui donneront un sens au message. Un message dont la pleine signification ne peut s'imposer en une heure ni en une journée, mais au bout de centaines et de centaines d'heures. De saisons. Ou d'années.

Deparis expliquait clairement la vérité que Logicielle avait peu à peu devinée. Du moins les motifs qui avaient fait agir Gata. Puis Deparis.

– Oui ! reprit-il avec un enthousiasme qui frisait l'ivresse, les grillons émettent une sorte de morse. Mais qu'est le morse à un œil ou à une oreille humaine non avertie ? Un ensemble aléatoire de traits et de points ! Certes, en les observant attentivement et si l'on dispose de ces signaux par centaines ou par milliers, on peut trouver une cohérence à leur répétitivité et à leurs différences. Mais entre cohérence et langage, quel abîme ! Car en admettant qu'on découvre une, dix, vingt lettres – ou ce qui pourrait en tenir lieu – cela ne donne ni la signification du mot ni celle de la phrase. Encore moins celle de l'ensemble du message transmis, qui peut, en volume, équivaloir à un livre. Ou à une encyclopédie.

L'organisateur du congrès semblait sceptique. Il demanda :

– Et vous, Deparis, qui êtes un scientifique confirmé, vous n'avez jamais douté de ces hypothèses ?

L'entomologiste parut se réveiller. Il secoua la tête et admit :

– Si. Au départ, je n'y croyais pas. Les élucubrations de mon correspondant m'amusaient. Très vite, je l'ai identifié. Il m'avait confié travailler pour une banque européenne. Je savais qu'il habitait la Seine-Saint-Denis. Je me suis renseigné sur lui. Ce n'était pas n'importe qui. Il avait participé à la résolution du théorème de Fermat, au projet SETI. Et puis, intrigué par les résultats de ses observations et de ses calculs – du moins de ce qu'il m'en confiait – j'ai fini par être ébranlé. Puis convaincu.

– Pourquoi avait-il besoin de vous ? demanda Logicielle. Pourquoi n'a-t-il pas agi seul et confié ses résultats, par exemple, à un journal ?

– Il craignait qu'on ne le prenne pas au sérieux. Et il avait raison. Guy Gata n'était ni un généticien ni un spécialiste des grillons. En tant qu'informaticien, il pouvait décoder un langage. Mais il lui fallait la caution d'un spécialiste. Il voulait notamment savoir comment, sur le plan génétique, il avait été possible de modifier la structure cellulaire de ces insectes et de programmer de façon si précise l'alternance des silences et de la durée d'émission de leurs stridulations.

– Et… cela vous semble concevable ?

L'entomologiste haussa les épaules.

– Dans l'état actuel de nos connaissances, non. Mais il y a deux ou trois siècles, il nous semblait inconcevable de transmettre à distance du son, des images, de lancer des sondes dans l'espace ou de modifier le vivant… Si la Terre a été visitée à l'ère primaire ou secondaire par une espèce extraterrestre intelligente, rien n'empêche d'imaginer que leurs représentants aient bricolé la structure génétique des insectes, et les aient chargé d'un message à transmettre. Indéfiniment.

Logicielle se dit que Gata avait raison : il avait compris que la transmission la plus fiable et la plus pérenne était celle du vivant. Ce qui lui avait permis de supposer qu'on avait utilisé certains insectes comme un langage informatique. La stridulation de chaque grillon n'était rien d'autre qu'un octet. Mais des millions, des milliards d'octets peuvent dissimuler un roman. Une symphonie. Un film. Ils peuvent cacher une œuvre encore plus complexe, si élaborée que l'esprit humain n'est pas capable de l'appréhender. Car ces millions, ces milliards de signaux, il ne suffit pas de comprendre qu'ils renferment un message organisé, il faut aussi le déchiffrer et l'interpréter.

– Guy Gata avait deviné que les insectes étaient les plus fiables des transmetteurs ! poursuivait Jean Deparis. Certains sont apparus au dévonien, voilà quatre cents millions d'années. Nous en connaissons aujourd'hui un million d'espèces, dont la plupart n'ont pas évolué depuis l'ère tertiaire.

D'un geste sec, Martin Triton interrompit l'orateur et se tourna vers Logicielle.

– Cela ne nous explique pas pourquoi Jean Deparis s'est rendu coupable d'un... non, de deux assassinats ?

– Dès leurs premiers échanges, déclara-t-elle, les deux hommes ont compris qu'ils étaient à la fois complémentaires et concurrents.

Elle aperçut, près des premiers rangs, Max qui, gravement, approuvait.

– Guy Gata savait que seul un généticien pouvait, sur le plan scientifique, justifier sa théorie. Naïvement, il a cru que son collaborateur jouerait le jeu. Peu à peu, il s'est rendu compte que l'entomologiste engrangeait sans contrepartie les données qu'il lui confiait. Chacun livra alors ses informations au compte-gouttes. Devenu méfiant, Gata refusa en fin de compte de livrer la nature exacte de ses résultats. Il soupçonna que Jean Deparis nourrissait l'ambition d'être l'unique découvreur de cette stupéfiante vérité : depuis cent millions d'années, les grillons émettent des messages et l'on peut essayer de les décoder. Gata, on le comprend, avait exigé la discrétion absolue, une précaution qui allait hélas se retourner contre lui.

– Jean Deparis aurait donc décidé de… supprimer Guy Gata ? demanda Martin Triton, les yeux écarquillés.

– Oui, affirma Logicielle. Je suppose qu'il rêve, comme certains scientifiques, de voir son nom associé à l'une des plus grandes découvertes de l'humanité. Pas question de la partager avec un obscur informaticien. Il manquait seulement au futur assassin l'essentiel : le contenu du message transmis ! Gata lui avait affirmé qu'il était parvenu à le décoder mais il s'était bien gardé de lui en livrer la teneur. Deparis savait Gata solitaire, il était sûr qu'il n'avait mis personne d'autre au courant. Son objectif était simple, le supprimer, lui dérober le fruit de ses recherches et livrer cette fabuleuse découverte au moyen d'une déclaration fracassante. Ce congrès mondial d'entomologie était l'occasion rêvée ! Hélas, au début du mois de mai, Jean Deparis dut déchanter…

– Il y a quinze jours, reprit Martin Triton, il m'a pourtant informé de ses intentions : livrer, sur les grillons, une information majeure. Il a refusé de m'en révéler davantage. J'ai cru que je pouvais lui faire confiance.

– À la rédaction du journal où il travaillait, Jean Deparis a eu la surprise de découvrir la maquette de l'affiche du congrès, une œuvre de Rajeski dont le sujet, des grillons reliés entre eux par une chaîne ADN, ne lui laissa aucun doute : le peintre savait que l'événement du congrès serait la conférence sur les grillons. Pire, il connaissait sans doute la nature de leur secret ! Gata avait donc mis Rajeski dans la confidence ! À mon avis, ajouta Logicielle en soupirant, Deparis se trompait. Au moyen d'un coup de fil, Gata avait simplement convaincu le peintre de choisir les grillons comme sujet central et de les relier par la chaîne ADN. En vérité, Rajeski savait fort peu de choses.

L'homme à la tache de vin grimaça, ce qui était presque une approbation. Il avait éliminé le peintre moins par nécessité que par précaution.

– Mais quand Deparis vit l'affiche à la rédaction du journal, expliqua Logicielle, il prit peur et résolut de supprimer son auteur. Il provoqua une bousculade dans le RER et poussa Rajeski sous les rames du convoi qui arrivait.

Deparis voulut se lever et protester.

– Nous avons retrouvé des témoins, mentit Logicielle. Là encore, ils vous identifieront. La suite est facile à reconstituer...

– Vous oubliez que nous ignorons tout de votre enquête, mademoiselle ! objecta Martin Triton. Qu'a fait Jean Deparis après le... le meurtre de Rajeski ?

– Le congrès approchait. Gata pressait Deparis ; il voulait savoir quand et comment ils y participeraient. Deparis devait donc agir avant le 13 mai. Depuis longtemps, il avait repéré le domicile et le lieu de travail de sa future victime, surveillé ses horaires, noté ses habitudes…

En voyant Sandrine entrer dans la salle, Logicielle s'interrompit. L'hôtesse embrassa Max et prit Tran dans ses bras sans qu'elle esquisse le moindre geste de peur ou de recul. Les regards du public se tournèrent vers eux et Logicielle, très vite, reprit :

– Le mercredi 11 mai, au début de l'après-midi, Deparis s'introduit dans l'immeuble de l'informaticien et il l'attend, posté au sixième étage, armé d'un revolver muni d'un silencieux. Il a compté sans une étudiante qui rend visite à sa grand-mère et la croise à deux reprises. Guy Gata arrive peu après 20 heures. Au moment où il met la clé dans sa serrure, Deparis tire sur lui. Il traîne le corps de l'informaticien dans le studio, en referme la porte. Il croit avoir le champ libre. Il se trompe.

Logicielle désigna Tran encadrée par Max et Sandrine Gata.

– L'appartement abrite une jeune fille que Guy Gata a fait venir deux jours plus tôt, Tran. Elle est terrorisée. Deparis l'interroge. En vain, car elle ne parle pas. Le meurtrier est à la fois rassuré et intrigué. Rassuré car cette inconnue ne constitue pas un témoin dangereux. Intrigué car il ignore pourquoi Gata l'a recueillie.

À ce stade de la reconstitution, Logicielle hésita avant de révéler :

– Et puis il comprend. Tran sait effectuer de stupéfiants calculs ! Des opérations sûrement différentes de celles que Gata a demandées aux ordinateurs de sa banque, et que d'ailleurs Deparis doit dérober. Il emporte le disque dur de l'ordinateur mais il n'y trouvera rien qu'il sache décoder. Il visite l'appartement et, très imprudemment, le vide de ce qui pourrait constituer un indice aux yeux des futurs enquêteurs. Il emporte la collection des revues *Nature & Environnement* car son nom y figure. Il recherche les back-up du disque dur de sa victime. En vain. La nuit tombe. Le meurtrier sait qu'il doit encore fouiller deux lieux dans lesquels Gata a pu laisser non seulement des traces de leurs échanges et de ses calculs, mais surtout ses résultats ! Quand il fera sa communication sur les grillons, le public – vous, mesdames et messieurs – ne se contentera pas de colonnes de chiffres. Il exigera la teneur des messages transmis par les grillons. Ces deux lieux, ce sont la banque et la maison de campagne de Guy Gata. Il se rend à la banque où, là encore, il efface la trace des calculs de l'informaticien et part à la recherche de ses résultats. Il ne les trouve pas. Reste la maison de la victime, en Charentes, où il se rend aussitôt...

La salle retenait son souffle et Martin Triton jubilait. Logicielle s'était interrompue et, d'un geste impératif, il l'encouragea à continuer.

– Hélas, acheva-t-elle, il sera déçu. Là-bas, le disque dur de l'ordinateur de sa victime ne contient que des chiffres, toujours des chiffres. Il séquestre Tran car il la croit capable, au dernier moment, de livrer les résultats qu'il attend. Il quitte Rouffiac et abandonne sa voiture à la gare d'Angoulême. Il sera au congrès à 10 heures, comme prévu. Mais bredouille. Le soir, saisi d'un dernier espoir, il revient dans les Charentes. Au cours d'une ultime inspection, il espère retrouver dans la maison les données qui lui manquent. C'est trop tard : nous sommes là. Il n'a plus qu'une solution, la fuite. Il est contraint d'abandonner Tran et d'avouer à Martin Triton qu'il ne peut assurer sa conférence spectaculaire sur la mémoire vive des grillons.

Logicielle s'arrêta, essoufflée d'avoir résumé si rapidement les faits.

Dans le silence attentif des spectateurs qui attendaient une révélation, Martin Triton la relança :

– Mais alors, mademoiselle, le contenu de ces messages ?

– Il n'y a rien ! hurla Jean Deparis en se levant. Rien ! La vérité, c'est que Guy Gata, jusqu'au bout, m'a mené en bateau. Je n'ai trouvé aucune trace des résultats dont il m'a parlé !

Une rumeur de déception naquit dans les gradins, enfla.

Logicielle fit signe aux policiers qui venaient d'arriver dans la salle de monter sur scène. Deparis devina que son heure de gloire s'achevait. En les voyant approcher, il se leva. Mais avant qu'on ne lui passe les menottes, il revint sous les projecteurs et, au micro, brailla :

– À mon avis, c'était un illuminé ! Oui, Guy Gata a pris ses désirs pour des réalités ! Il a tout inventé !

Restée seule face aux micros, Logicielle fixa l'assistance et conclut :

– Séduit par une hypothèse exaltante, Jean Deparis est devenu un assassin. À la suite d'élucubrations identiques, d'autres dangereux rêveurs comme Ron Hubbard[1], Raël[2] ou Adamski[3] se sont autoproclamés chefs de file d'une nouvelle religion ou d'une secte. Ce qui est une autre façon de pervertir l'image de la science aux yeux d'un grand public qui a droit à plus de respect et de considération. Je vous remercie pour votre attention.

Les applaudissements tombèrent, drus, inattendus.

1. Fondateur de l'Église de Scientologie.
2. Fondateur de la secte des Raëliens qui, aujourd'hui encore, rassemblent des fonds en vue de l'accueil des Vénusiens sur Terre.
3. Dans les années soixante, photos à l'appui, Adamski prétendit être en contact permanent avec des extraterrestres ; il réunit de nombreux adeptes.

Deparis, qui descendait les marches du podium, s'arrêta et, surpris, releva la tête, un vague sourire aux lèvres.

Très vite, en apercevant la personne restée en scène, il déchanta.

Celle qu'on applaudissait, c'était Logicielle.

20

Après avoir présenté l'intervenant suivant, Martin Triton raccompagna ses hôtes à la porte du palais des congrès. Il serra chaleureusement les mains de Logicielle.

– Mademoiselle, vous avez sauvé la situation. Je vous félicite pour votre prestation. Bien sûr, ajouta le petit homme en lissant sa moustache, si vous aviez pu nous livrer le secret de la mémoire vive des grillons, imaginez le retentissement ! Le succès !

– Je suis navrée, monsieur Triton. Il m'a été impossible de faire mieux.

– C'est déjà énorme. Ah, Jean Deparis, ce fidèle collaborateur, un assassin, qui l'eût cru ? Allons, mademoiselle, encore merci. Et adieu.

Quand le petit groupe fut parvenu sur le parking, c'est Sandrine qui prit l'initiative :

– Je vous suis jusqu'à la brigade de Saint-Denis. Si vous n'y voyez pas d'inconvénient, je prendrai Tran avec moi.

Le courant semblait passer entre elles deux. Logicielle accepta. Elle n'était d'ailleurs pas mécontente de se retrouver dans la Twingo seule avec Max.

Mais durant le trajet, son adjoint lui parut morose.

– Tu sais, lui dit-elle, j'aurais aimé partager la vedette avec toi. Mais il fallait veiller sur Tran. Tu m'en veux beaucoup ?

– Oh, si je t'en veux, ce n'est pas à cause de ton petit numéro. Maintenant, tu vas accepter de m'expliquer ? La tache de vin de Jean Deparis, pourquoi ne figurait-elle pas sur les photos ?

– C'est élémentaire, Max. Photoshop !

– Photoshop, qu'est-ce que c'est ?

– Un logiciel qui permet de retoucher les images. Deparis ne voulait pas que son portrait apparaisse sur le site de la revue avec ce qu'il juge être un défaut physique ! Le dernier dirigeant de l'URSS, Mikhaïl Gorbatchev, avait sur le crâne une rougeur semblable. Les premiers temps, sur les journaux officiels, cette disgrâce était soigneusement gommée.

– N'empêche, grommela-t-il, tu as triché. J'avais trouvé le nom de l'assassin. Je considère que tu me dois un gage.

Quand ils voulurent pénétrer dans la cour de la brigade, peu après 8 heures du soir, le commissaire en personne, debout à l'entrée, les en empêcha. Il semblait particulièrement furieux.

– Allez stationner ailleurs ! C'est complet !

Max descendit de la Twingo. Il jeta un coup d'œil dans la cour et pâlit en apercevant un véhicule accidenté dont l'arrière ressemblait à un accordéon.

– Patron, dites-moi, ce n'est pas notre vieux break ? Celui dont la batterie était à plat ?

– Hein ? Mais si ! affirma Delumeau dont la colère redoubla. J'avais fait remplacer la batterie ce matin. À midi, vos collègues ont emprunté ce véhicule pour une urgence. Ils ont même roulé si vite qu'ils ont dû freiner trop brusquement. Le camion qui les suivait les a emboutis ! Vous vous rendez compte ? Un véhicule qui venait juste d'être remis en état de marche !

– Mon vélo ! hurla Max.

Il se précipita vers le break.

– Mon vélo ! répéta-t-il en se penchant vers le coffre. C'est une catastrophe ! Le cadre est tordu ! Et les roues sont voilées !

– Quoi ? beugla le commissaire. Vous avez utilisé un véhicule de service pour y placer des objets personnels ? Je vous signale que c'est une faute professionnelle grave !

– Il y en avait pour 3000 euros ! geignait Max qui tentait de récupérer son matériel.

– Ne t'inquiète pas, lui dit gentiment Logicielle à l'oreille. Je suis sûre que l'assurance paiera.

Pour calmer son supérieur hiérarchique, elle lui annonça :

– Au fait, patron. Le meurtre de Big Bug – pardon, de Guy Gata, vous savez, l'informaticien ?

– Ah oui, Gata. Vous étiez parente avec lui, je crois ? C'est bien ce que vous m'avez dit ?

– Presque, admit-elle avec indulgence.

Finalement, il n'avait pas tort. Les informaticiens formaient une famille. Comme les grillons. Ils parlaient un langage identique et, parfois au-delà de la mort, communiquaient sans se connaître ni se voir.

– Eh bien nous avons arrêté son assassin cet après-midi.

– Parfait. Quand je pense que ce véhicule avait à peine plus de trois cent mille kilomètres ! répétait Delumeau en désignant le break accidenté.

Logicielle soupira, elle préféra se tourner vers Sandrine et Tran et les dissuada d'entrer dans le commissariat.

– Si je fais les présentations, expliqua-t-elle, le commissaire va finir par comprendre que notre protégée est une sans-papiers. Et s'il s'aperçoit qu'en plus, elle ne répond pas à ses questions...

Finalement, Logicielle appela doc Ti Wac qui arriva un quart d'heure après. Il accepta de se charger de Tran qui passerait la nuit dans le service d'un de ses amis, à l'hôpital Delafontaine de Saint-Denis. L'hôtesse de l'air insista pour les accompagner.

Lorsque Logicielle voulut dire au revoir à la jeune Asiatique, elle ne sut quelle attitude adopter. C'est Tran qui prit l'initiative, elle lui bondit au cou et la serra contre elle de toutes ses forces. Bouleversée, Logicielle eut du mal à se séparer d'elle.

Quand elle raccompagna Max chez lui, un peu plus tard, il lui lança :

– Tu vois, on peut être autiste et muette, et savoir mieux exprimer ses sentiments que...

– Moi ? Tu me crois dénuée de sentiments ? Tu te trompes, Max.

Elle marqua un temps, le regarda tendrement et lui confia :

– Pour ton vélo, tu sais... eh bien je suis sincèrement très peinée.

Épilogue

Logicielle se réveilla en sursaut. Le téléphone sonnait.

Avant de décrocher, elle jeta un coup d'œil sur son radioréveil. Il était 1 heure de l'après-midi !

En une seconde, son angoisse s'effaça, on était dimanche.

– Logicielle ? J'espère que je ne vous dérange pas.

– Non. Je... excusez-moi, mais qui êtes-vous ?

– Sandrine Gata ! Vous ne reconnaissez pas ma voix ? Je voulais vous donner de nos nouvelles. Hier soir, tout s'est passé si vite ! Tran a été examinée par plusieurs spécialistes. Elle souffre d'un peu d'anémie, mais sinon elle se porte bien. Grâce à la gentillesse du docteur Waquier, j'ai été autorisée à passer la nuit à l'hôpital avec elle. Mais cette solution ne pouvait pas durer...

D'un doigt, Logicielle mit la cafetière en marche et elle alla ouvrir la fenêtre. Dans sa rue, les marronniers en fleur étaient inondés par un soleil radieux.

– ... et ce matin, à 6 heures, quand doc Ti Wac est revenu, je lui ai proposé d'emmener Tran à la campagne en attendant que ses problèmes administratifs soient réglés. Ce n'est certes pas très légal, mais il a accepté.

– À la campagne ? s'étonna Logicielle. Où exactement ?

– À Rouffiac, bien sûr ! D'ailleurs c'est de là que je vous appelle. Tran et moi nous venons d'arriver. Je suis en congé pour la semaine. Exactement comme vous !

– Là, je crois que vous vous trompez, répondit Logicielle en soupirant.

– Non. Avant de partir à Rouffiac, vers 7 heures, ce matin, j'ai jugé plus correct d'appeler votre brigade. Devinez sur qui je suis tombée ?

Elle savait très bien qui, un dimanche à une heure si matinale, avait décroché au premier appel. Quelqu'un qui s'ennuyait tellement chez lui qu'il passait ses week-ends au bureau.

– Sur le commissaire Delumeau ?

– Exactement ! Savez-vous qu'il a été charmant ?

Logicielle faillit pouffer de rire. Mille adjectifs pouvaient qualifier le caractère du commissaire. Mais sûrement pas celui-ci.

– Il m'a prié de lui expliquer l'affaire en détail. Il a été très intéressé. Je lui ai dit combien vous aviez été rapide, efficace, perspicace. Il n'en a pas été étonné. Il vous a d'ailleurs en grande estime, vous le savez.

Non, elle l'apprenait. Aussi loin que remontaient ses souvenirs, Delumeau n'avait jamais été capable du moindre compliment.

– Je lui ai aussi expliqué que cela ferait le plus grand bien à Tran de vous voir pendant quelques jours. Il n'y a pas été opposé.

Logicielle se demanda si elle avait bien entendu.

– Il m'a assuré que vous pouviez prendre quelques jours de congé, Max et vous. Alors je me suis dit que ce serait formidable si vous acceptiez de passer la semaine à Rouffiac, tous les deux. Je dois m'occuper de la succession. S'il faut que je m'absente, vous resteriez avec Tran, vous comprenez ?

La cafetière crachota, signe que le café était prêt. Embarrassée, Logicielle ne sut que répondre.

– Écoutez, Sandrine, c'est vraiment très gentil. Mais bon, laissez-moi réfléchir. Il faut aussi que j'appelle Max pour lui demander...

– Max ? Oh mais il est d'accord ! Je viens de l'avoir au téléphone.

Elle réprima un mouvement d'humeur, Sandrine avait d'abord appelé Max !

– D'ailleurs, il doit être en route, poursuivit l'hôtesse. Il y a un quart d'heure, il m'a dit qu'il prenait sa moto et passait vous prendre. Si vous partez maintenant, vous arriverez avant la nuit.

À cet instant, on sonna à la porte du studio.

– Eh bien, dit Logicielle, je... je vous remercie, Sandrine. Je vous quitte, il faut que j'aille ouvrir. Je crois que c'est déjà lui.

Max avait l'air un peu penaud, avec son casque de motard dans une main et, dans l'autre, un joli bouquet et un sachet plein de croissants chauds. Elle se jeta dans ses bras.

– C'est si gentil, Max ! Entre, je viens de faire du café.

– Oh, moi j'ai déjà déjeuné. Ce matin, j'ai tourné en rond et rongé mon frein puisque...

Il hésitait et c'est Logicielle qui acheva :

– Puisque tu n'as plus de vélo ! Rassure-toi, des vélos, j'en ai aperçu dans la maison de Rouffiac. Ils sont moins perfectionnés que le tien mais puisqu'il y en a plusieurs, au moins j'en ferai avec toi.

– Alors tu es d'accord ? demanda-t-il avec une timidité qui la toucha. Nous passons la semaine dans les Charentes ? Tu sais que Delumeau...

– Oui. Je suis au courant. Notre commissaire est devenu...

Elle passa la main sur le crâne de son adjoint, où poussaient de minuscules cheveux drus.

Elle cherchait le mot qu'avait employé Sandrine. C'est en souriant à Max qu'elle le retrouva :

– ... charmant !

Logicielle et Max étaient arrivés à Rouffiac vers 19 heures, mais ils étaient d'abord passés chez Paul Rozière. Ils y avaient pris l'apéritif avec Germain qui, pour l'occasion, était venu de Bergerac. Puis ils avaient rejoint Sandrine et Tran.

Après avoir dîné, Logicielle quitta la table. Elle parcourut plusieurs mètres dans l'herbe puis se déchaussa et s'assit. Max, qui l'avait suivie, l'imita.

Un moment, ils observèrent la nuit.

Le chant des grillons s'était apaisé. Ce n'était plus qu'une étrange et lente mélopée, un doux ronronnement entrecoupé çà et là de virgules de silence. Un moment exceptionnel qui rappela à Logicielle d'autres instants passés, et qu'elle croyait effacés.

Max murmura :

– Logicielle ? Tu ne m'as pas encore dit quel était mon gage.

– Toi non plus. Parce que, finalement, c'est toi qui as gagné.

D'abord, il ne répondit pas, il semblait presque déçu.

– Ça ne fait rien, dit-il. Admettons que j'aie perdu. Quel gage me donnes-tu ?

Répétant le geste qu'elle avait esquissé le matin, Logicielle caressa la tête de son adjoint. Puis elle déclara :

– Laisse repousser tes cheveux, Max. S'il te plaît.

– C'est promis.

Elle fut étonnée de cette victoire si rapide. Du coup, elle demanda à son tour :

– Et toi, quel gage voulais-tu m'imposer ?

Il soupira et fixa le lointain.

– Admettons que tu as gagné, insista-t-elle. Que dois-je faire, Max ?

– M'épouser.

Stupéfaite, elle ne répondit rien. Pourquoi avait-elle pris le risque de poser cette dangereuse question ?

Le silence qui prolongeait le verbe prononcé par Max soulignait la solennité de l'engagement. Il crut indispensable de répéter :

– C'est ça, ton gage, Logicielle, tu vas te marier avec moi.

On la demandait en mariage. C'était la première fois. Prise au dépourvu, elle sut que ce qu'elle allait répondre était mille fois plus difficile à formuler que le oui officiel, longtemps mûri et réfléchi.

– Soit, Max. J'accepte. Dès que tu auras retrouvé tes vrais cheveux.

Il réprima un grognement, rompant la magie de ce trop court instant.

– Mais ça risque de prendre plusieurs mois !
– Ça te donnera le temps de réfléchir.
– Et à toi celui de fléchir ?

Pour toute réponse, elle lui prit la main. Puis elle se laissa tomber en arrière. Une fois de plus, l'immensité du ciel l'engloutit et elle ressentit un vertige. La nuit, le ciel, les grillons… ils formaient un trio harmonieux, un spectacle son et lumière dont elle était le centre permanent. La voix de son adjoint la surprit.

– Logicielle ? Hier, quand tu as affirmé que Tran effectuait des calculs plus rapides que ceux des ordinateurs…
– Je n'ai jamais dit cela ! Oh, pardon, Max.
– … est-ce que tu parlais sérieusement ?

Elle se plongea dans une si intense réflexion que Max revint à la charge :

– Aux échecs, certains joueurs surdoués rivalisent avec les ordinateurs les plus puissants. Mais tu crois vraiment que Tran…
– Non.

Satisfait, Max approuva, il avait la réponse qu'il attendait.

Ils laissèrent le silence envahir la nuit. Non, pas vraiment le silence puisque le chant des grillons la meublait de son rythme entêtant.

Au bout d'un long moment, Max posa la question qui, depuis plusieurs jours, obsédait aussi Logicielle :

– Et si c'était vrai ?

Elle ne répondit rien. Plus jamais elle ne pourrait entendre le chant des grillons sans se poser cette question : et si c'était vrai ? Une question définitivement unie à sa demande en mariage et à cette minute d'exception.

Les grillons, innocents messagers, possédaient peut-être une mémoire vive qu'ils se transmettaient de génération en génération, depuis des millions d'années. Ils étaient les détenteurs d'un secret dont le décodage avait été interrompu par un meurtre.

– En ce cas, déduisit Max qui poursuivait son idée, Guy Gata a pris ses précautions. Il n'a pas voulu abandonner ainsi le fruit de tant de recherches. Ses résultats, il les a dissimulés quelque part, n'est-ce pas ?

Elle approuva en hochant la tête. Oui, à sa place, c'est ce qu'elle aurait fait.

– Mais où ? Sur quel disque dur ? Dans quel ordinateur sophistiqué ?

À quelques mètres d'eux, quelqu'un arriva à pas feutrés et s'assit dans l'herbe sans bruit.

– Tu le sais, n'est-ce pas ? insistait Max.

– Ce que je sais, avoua-t-elle à voix basse, c'est que Guy Gata était trop méfiant pour confier ses résultats au papier, à un ordinateur ou à de la mémoire morte. Le secret de la mémoire des grillons, ce n'est plus une machine qui le possède, Max. Désormais, c'est un être vivant.

Elle se retourna et, le doigt sur la bouche, désigna celle qui les avait rejoints.

En extase, les yeux écarquillés, la jeune Tran souriait, à l'affût de la nuit.

L'AUTEUR

Christian Grenier est né à Paris en 1945. Depuis 1990, il vit de sa plume... dans le Périgord.
En 1993, sa fille le met au défi d'écrire un polar. Il décide de la mettre en scène déguisée en lieutenant de police, dans un « roman policier en cinq actes », *Coups de théâtre*, où lui-même apparaît en commissaire vieillissant. Ainsi naissent Logicielle et Germain Germain-Germain. Encouragé par ses lecteurs (et par sa fille !) il récidive avec *L'Ordinatueur*, où Max se révèle un adjoint fidèle, attachant et... possessif. Depuis dix ans, la jeune informaticienne mène enquête sur enquête entre Paris et Périgord, dans le milieu des orchestres symphoniques (*Arrêtez la musique !*), sur le Net (*@ssassins.net, Big Bug*) et jusqu'à l'île de la Réunion (*Simulator*) !

Pour en savoir plus sur Christian Grenier, visitez son site sur :
http:// www.noosfere.org/grenier

DANS LA MÊME COLLECTION

120 minutes pour mourir, Michel Amelin
À l'heure des chiens, Évelyne Brisou-Pellen
Allô ! Ici le tueur, Jay Bennett
Arrêtez la musique !, Christian Grenier
Assassinat rue Morskaïa, Michel Honaker
L'assassin est un fantôme, François Charles
@ssassins.net, Christian Grenier
Avant qu'il soit trop tard, Stéphane Daniel
Big Bug, Christian Grenier
Cadeau mortel, collectif d'auteurs
Carton rouge ou mort subite, P. Barbeau/R. Judenne
Coupable idéal, Jean Molla
Coups de théâtre, Christian Grenier
Crime à tous les étages, Alice Hulot
Crime d'auteur, Jacques Asklund
Croisière en meurtre majeur, Michel Honaker
Un fantôme au pensionnat, Thomas Brezina
Folle à tuer ?, Catherine Missonnier
L'heure de la vengeance, Catherine Missonnier
L'inconnue de la chambre 313, Geneviève Senger
Meurtre au lycée, Geneviève Senger
L'oiseau de mort du cap Horn, Jean Merrien
L'Ordinatueur, Christian Grenier
Panique aux urgences, B. Aubert/G. Cavali
Panique sur le télésiège, Thomas Brezina
Un printemps vert panique, Paul Thiès
Le secret de la momie rouge, Thomas Brezina
Simulator, Christian Grenier

Sombre trafic, Catherine Missonnier
La sorcière de midi, Michel Honaker
Souviens-toi de Titus, Jean-Paul Nozière
Week-end mortel, Jean-Paul Nozière

Achevé d'imprimer en France en juin 2005
sur les presses de l'imprimerie Hérissey (Eure)
Dépôt légal : juin 2005
N° d'édition : 4203
N° d'impression : 99416